白雪姬
討……討
要看這邊！
黑兔
什麼！
妳說
黑兔她
都濕了！
黑兔，
那種全身
溼透的樣子
實在……

黑兔一行人
前往的舞台是——
在南區的『Underwood』
舉行的收穫祭！
久遠飛鳥
黑兔

各位不在的期間，我會好好保護No Name ！
仁

……妳的意思是要我認輸？
我是勝利者，而你是敗北者。
這場爭執是由你提出戰書，而由我接下。
金絲雀
逆迴十六夜

問題兒童都來自異世界？

是嗎……巨龍召喚

Tatsunokotarou
竜ノ湖太郎
illustration
天之有

Kadokawa Fantastic Novels

問題兒童都來自異世界？

是嗎……巨龍召喚

contents

Character
……主要負責
戰鬥的是除了黑兔
以外的我們。
問題兒童之三
春日部耀
恩賜名
「生命目錄」
（Genom Tree）與
「No Former」
哎呀，
被稱為問題兒童
真是讓人遺憾呢。
問題兒童之二
久遠飛鳥
恩賜名
「威光」
這個世界有趣嗎？
問題兒童之一
逆迴十六夜
恩賜名
「真相不明」
（Code Unknown）
各位問題兒童，請好好
聽人家說話呀——！
召喚問題兒童們來此的罪魁禍首，「No Name」的賞玩用小動物。
黑兔
該讓黑兔
穿上什麼才好呢？
東區階層支配者，外表是和服蘿莉少女。
白夜叉
謹遵命令，
我的主人。
前任魔王，吸血鬼的純血種。現在是女僕！
蕾蒂西亞
為了讓
「No Name」
復活，我會
好好努力。
共同體「No Name」的領導者
仁

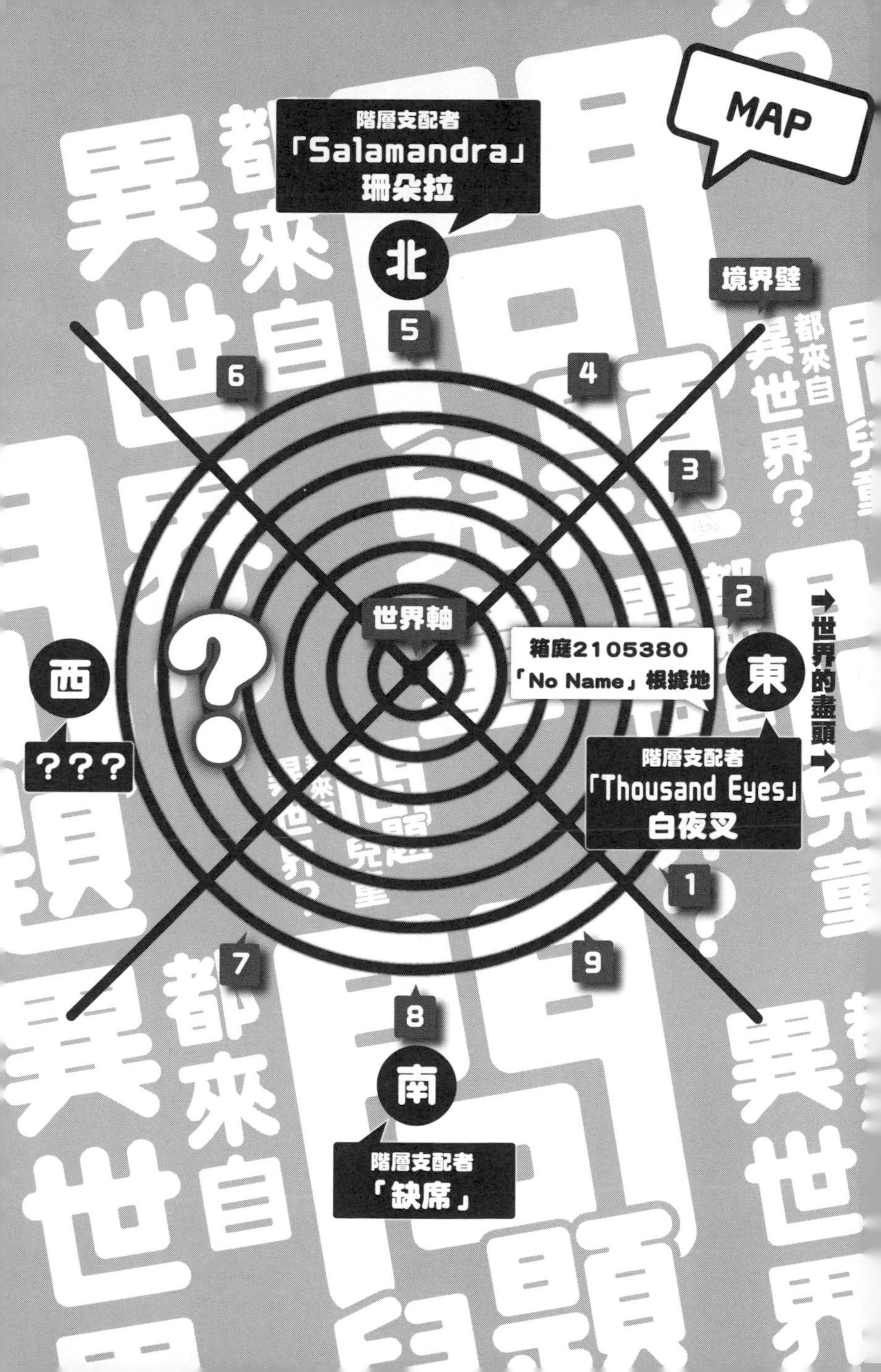
MAP
階層支配者
「Salamandra」
珊朵拉
北
境界壁
5
6
4
3
2
世界軸
箱庭2105380
「No Name」根據地
→世界的盡頭→
西
???
東
階層支配者
「Thousand Eyes」
白夜叉
1
7
9
8
南
階層支配者
「缺席」

序章

這是個梅雨季裡難得放晴的日子。

逆迴十六夜在河邊一邊感受周遭的初夏氣息，一邊抬頭看了看太陽，唐突地喃喃自語：

「喔？看到太陽黑子了。果然主張太陽已經開始進入冰河期的理論是真的嗎？」

比起寒冷，以「上天不會創造出在我之上的人」為座右銘的他似乎更想推廣溫室效應。

由於已經沒有前往學校的義務，他考慮過是否要穿著高中制服在河邊進行悵然沉思的遊戲，但那在旁人眼中只是個丟臉的行徑。要是被認識的人看到，背地裡絕對會被當成笑柄。

「有沒有什麼有趣的事情啊……」

他拿下耳機，河對岸一群混混的聲音傳進了他耳裡。他們身穿背部繡著圖案，看來充滿氣勢的加長版立領制服，中間則有個遭到他們施予集團暴力的少年哭倒在地上，被迫磕頭道歉。

「喂喂不太妙吧！這傢伙是真哭呢！有夠髒，要不要把他丟到河裡洗一洗啊？」

「既然要洗，乾脆叫他脫光光跳河吧！還要把雙手雙腳綁起來！」

「噫…………！」

全身發抖的少年整個人像不倒翁一樣縮成一團。逆迴十六夜緩緩坐起上半身，對著前方數十公尺持續又踢又踹的他們開口搭話：

「……啊～好閒～閒到爆！要是空閒能賣，我有信心可以大賺一筆。怎樣，那邊那群看來沒啥腦袋的蠢蛋們，要是提供一些娛樂，我可以回敬你們每一個人叫做空閒的長期入院休養當禮物喔！」

「喂！你快點脫光跳下水啊！」

「至少還是綁住兩手吧！反正只要腳還可以動就不會死嘛！」

「救命啊……救命啊……救命啊……！」

沒有人對逆迴十六夜的發言做出反應，這也是當然。

因為他並沒有大叫，而是用跟旁人說話沒兩樣的音量來發言。

所以逆迴十六夜的聲音當然不可能傳進那群人耳中，而是直接隨風飄散。至於那個被混混集團毆打的少年滿臉都是泥巴、眼淚和鼻水，樣子慘不忍睹。

「…………」

十六夜默默地站了起來。

他先從河邊撿起兩、三顆大小適中的石頭，接著他放聲大喊並投出石頭。

「叫你們讓我也參一腳啊啊啊啊啊啊啊！」

序章

整個岸邊爆炸了。這並不是譬喻，也沒有修正的必要。

正如字面所述，石頭發揮出足以匹敵第三宇宙速度的異常高速，夾帶著巨響揚起一陣煙塵，讓混混和少年連同河岸一起被炸翻了出去。

「呀啊啊啊！」

「是……是逆廻十六夜！大家快逃！」

「救……救命——」

「喂喂！我可要繼續丟了哦！」

在豪爽的呀哈哈笑聲下，擲出的石頭製造出一個個隕石坑，這景象正可以稱為空投轟炸。

面對這壓倒性的光景，無論是原本在欺負人的混混還是被欺負的少年，都同樣害怕地逃走了。

為了避免引起誤解，這裡要特地說明逆廻十六夜並不是為了幫助少年才投出石頭。

只是因為「抑強，同時也抑弱」這個理念也是他的座右銘之一。

「哈哈哈，真是沒出息！沒出息！原來只是外表有氣勢嘛！」

逆廻十六夜抱著肚子嘲笑所有人驚慌逃跑的樣子。

他先誇張地笑得東倒西歪，接著又笑得猛踩地。

周圍只剩下他的笑聲，完全沒有他人的氣息。在逆廻十六夜的笑聲停止的同時，這一帶立刻被閑靜的氣氛籠罩。

重回寂靜的河邊完全感覺不到人的動靜。和他同年代的少年少女們，現在應該正待在學校裡吃午餐吧。逆廻十六夜一語不發地呆站著：

「……真無聊。」

接著才像是在發洩那般，表白出內心真正的想法。

就算覺得混混集團和少年的滑稽反應很諷刺可笑，卻絲毫不有趣。

即使他試著笑得東倒西歪，但也只不過是假象，根本不足以打發時間。

逆廻十六夜呼出一口帶著空虛的嘆息，撿起包包轉身背對河岸。

「…………嗯？」

在他踏出腳步的同時，咻～的一聲，一股橫向的強風掃了過去。隨風飛舞的一封信描繪出不自然的軌跡，輕飄飄地瞄準包包的隙縫溜了進去。

「……剛剛那是怎麼回事？」

逆廻十六夜拿起這封飛出詭異路線的信件。

只見信封上面以流暢美麗的字體寫著：

「逆廻十六夜先生啟」。

「………………？」

序章

逆迴十六夜張望了一下四周，然而完全沒有他人的氣息。

「…………好啦，該不會是有投郵的專家出沒吧？」

他從喉嚨中哼笑了一聲，把手伸向信件封口處。

然而就在這時，包包中傳出來電鈴聲。於是十六夜決定先把信件塞進包包裡，按下手機的通話鍵。話筒另一端響起一個年幼但充滿精神的少女聲音：

「呀呵～十六哥！聽說你又翹課沒去學校？學校聯絡 CANARIA 寄養之家了，說老師們很生氣還是什麼的喔。」

「是嗎？真抱歉啊，下次再有聯絡就直接當退學處理吧。」

「可以嗎？」

「嗯。既然金絲雀已經死了，我也沒有義務繼續上高中。」

「……是嗎～嗯，這也沒辦法。雖然乖乖去學校的十六哥很稀奇，不過這一點都不符合你的風格嘛。」

「是啊～」十六夜笑著回答。

「啊，對了。其實有個穿得一身黑，裝扮非常奇怪的律師來 CANARIA 寄養之家，說是要拿金絲雀老師的遺書給十六哥你耶。」

「……遺書？妳說金絲雀的？」

感到很詭異的十六夜皺起眉頭。金絲雀臨終時自己就陪在她身邊，那時應該根本沒有提到相關的事情。

「我也覺得很可疑，不過的確有金絲雀老師的簽名呀～而且那個律師還堅持一定要直接交給你，所以總之十六哥你可以來CANARIA寄養之家一趟嗎？焰好像也很在意耳機的狀況好壞。」

「嗯～…………好吧，等我哪天心情好時就過去。順便幫我跟焰講一下，說耳機狀況很好。」

嗶！通話結束。

十六夜打了個大哈欠伸伸懶腰，憂鬱地望著藍天。

——好啦，從明天開始世間就進入黃金週。雖然就算沒有連假，自己也已經沒有去上學的義務……然而依舊會感到有些雀躍，這大概是身為日本人的習性所致吧？

天下太平，整個世界都很美好。

為了避免被這個平穩又毫無變化的無聊日子悶死，今天也來去尋找感動吧——

第一章

——「世界的盡頭」，托力突尼斯瀑布附近。

嘩啦！濺起大片水花的十六夜爬上了大河的岸邊，手中還握著小小的亞麻色花蕾。

他撿起在潛入大河之前脫下的愛用耳機和學生制服，瀟灑地重新穿上。接著十六夜隨手把溼透的頭髮用力往後一攏，才剛回身，就立刻對著坐在附近岸邊的黑兔開口：

「黑兔，這花蕾就是水仙卵華沒錯吧？」

「ＹＥＳ！就是那個沒錯！」

黑兔豎起食指，非常可愛地回應。十六夜也點了點頭。

「是嗎，看來鎖定河邊為叢生區域是正確答案。接下來只要讓這東西開花就可破解……不過，這遊戲確實設定了破解方法吧？」

難得一副煩惱模樣的十六夜在大岩石上坐下，把亞麻色的花蕾輕輕丟到頭上。

他口中所說的破解方法，正是指他目前正在參加的恩賜遊戲。

在這張從學生制服口袋中取出的羊皮紙——「契約文件」上，記載著以下事項：

「恩賜遊戲名：『湖上之花』

・參賽者一覽：『No Name』逆迴十六夜
・遊戲領袖：『托力突尼斯瀑布之主』白雪姬
・破解條件：取得水仙卵華的花蕾並使其綻放。
・敗北條件：當參賽者無法在正午之前達成勝利條件時。
　　　　　當參賽者方處於無法達成上述破解條件的情況時。

※舞台補充：
・參加者之鐵則：禁止參賽者脫離以托力突尼斯瀑布為中心，半徑一公里以內之區域。
・主辦者之鐵則：必須保證遊戲範圍內有水仙卵華的叢生區。

宣誓：尊重上述內容，基於榮耀與旗幟，『No Name』參加恩賜遊戲。
『托力突尼斯瀑布之主』」

看過「契約文件」的內容之後，十六夜再度歪了歪頭。

「要求我必須讓水仙卵華開花……嗎？畢竟是箱庭世界特有的植物，不可否認，我的確知識不足。」

「是呀……人家只是以裁判身分和十六夜先生同行，所以不能教導詳情……不過人家可以保證這遊戲的確有基於正派的規則建立，接下來就全看十六夜先生您怎麼表現了！」

十六夜把黑兔喊著「請多多加油！」的聲援當成耳邊風，再次把頭髮往後一撥，接著在河邊的大岩上躺下。

溼襯衫帶有的水分從貼著岩石的背後逐漸滲透到學生制服上，這份感觸造成一種難以形容的不快感。甚至讓十六夜覺得先前泡在大河裡時還比較舒服。

加上今天的陽光很強，是最適合戲水的天氣。

雖然大河的流速有些偏快，然而順著清流游泳卻單純地很有趣。

在叢生著水生卵華，流速較慢的河邊沼澤區還棲息著其他十六夜從未見過的動植物，勾起了他求知的好奇心。要不是正在參加遊戲，一邊揀選從大河採取來的動植物，並豎起耳朵聆聽潺潺流水聲來度過一天應該也不錯吧。

（……萬一被大小姐或春日部看到，她們應該會說我「真像個老先生～」吧？）

十六夜繼續仰頭望著天空，抖著喉嚨笑了幾聲。看在其他人眼裡，或許會被視為是一種老成的興趣，然而十六夜本身卻不這麼覺得。

探究既知外事物的行為，無論牽涉到哪個領域都很有趣。

體驗未曾接觸過的經歷，也讓人特別興奮期待。

十六夜總是認為，那種不會因為這兩點感動的人反而更老成得多。

他現在的好奇心，尤其集中在手裡的亞麻色花蕾上。

（以前曾聽小不點少爺提過，這是具備淨水效果的花；至於在城鎮裡看到的花，也總是開在水道或噴水池等有水流經的地方。雖然從這點立刻推測出叢生地點是在河邊，但……）

十六夜思考到這邊，暫時中斷。

——「恩賜遊戲」是神魔的遊戲，參加者方的能力不足或知識不足並不會被列入考量。更何況所謂的恩賜遊戲原本就是把「修羅神佛給予包括人類在內之各式物種的考驗」加以具體化而成。換句話說，倘若參加者方的能力或知識不足，就等於那名參加者是一個修行不足的不成熟者。

基於以上，拿箱庭世界特有植物作為題目以考驗從異世界來此的逆迴十六夜，並沒有任何不妥。甚至連十六夜本身也很乾脆地做出了自己不夠博學的結論。

（不過居然是要我「讓花綻放」……無論條件多完美，我還是覺得在短時間內不可能辦到呀。）

沒錯，接下來才是問題所在。

雖然勝利條件是「讓水仙卵華開花」這樣的題目，然而這遊戲卻存在著明確的時間限制。也就是說，這遊戲要求十六夜必須在限制時間內讓花蕾綻放。

即使有著個體差異以及會受到物種不同或季節變化等條件影響，然而大部分的花蕾都需要花費三到四小時才會綻放。在這場從開始到結束為止只有一小時的遊戲中，應該不可能讓花蕾綻放才對。

（這個情況照理說會被視為遊戲製作上的違規才對，可是黑兔卻保證沒有問題……也就是說，有什麼特殊方法可以讓花朵綻放嗎？）

然而若是需要利用到特有習性的開花方法，那麼十六夜並不具備足以破解遊戲的必要知識。

好啦，到底該怎麼辦呢？十六夜繼續面朝上躺著，讓腦袋努力運作。

黑兔咚地跳了過來，從上方俯視著十六夜的臉孔，開口發問：

「您要怎麼辦呢？要放棄嗎？」

「妳說這什麼蠢話。要是我在這裡認輸，就等於是對大小姐和春日部認輸。只有這件事絕對免談。」

十六夜哼了一聲表示否決。

「說得也是呢～」黑兔面露苦笑。

話說回來，為什麼十六夜會來參加這場恩賜遊戲呢？

原因必須回溯到幾天前。

*

——和「黑死斑魔王」戰鬥後過了一個月。

為了討論今後的活動方針，十六夜等人聚集到根據地的大會堂裡。

大會堂中心放了一張長桌，從上座開始，依序坐著仁．拉塞爾、逆迴十六夜、久遠飛鳥、春日部耀、黑兔、身穿女僕服的蕾蒂西亞，以及被選為年長組代表者的狐狸少女，莉莉。因為在開會時，按照在共同體內的位階高低來依序就座是「No Name」的禮儀。

十六夜之所以可以坐在次於共同體領導者仁的席位，是因為他立下了種種戰果，例如確保水源以及奪回同志等等。坐在十六夜下一個位子的飛鳥雖然看起來略感不滿，但依然以並不是特別有什麼異議的態度就座。

至於身為領導者，也就是共同體代表的仁，正帶著僵硬的緊張表情坐在上座。

看到仁這副模樣，十六夜哇哈哈笑了幾聲，開口調侃他幾句：

「怎麼了？明明坐在比我還要了不起的位置，怎麼看起來反而相當不自在？」

「因……因為，這可是領導者的席位耶，當然會讓人緊張呀！」

仁用力抓緊長袍，提出反駁。然而理由並不只是因為這樣。

根據箱庭世界的常識，一個人要能坐在上座，前提就是「必須能為了共同體參加考驗」。除此之外，對組織的貢獻度、奉獻心、影響力等等也會受到要求。

畢竟仁尚未建立算得上戰果的成績，自然會感覺自己差人一等。

仁語帶保留地這麼一說，十六夜就以一副很受不了的樣子垂下肩膀。

「我說啊，小不點少爺。我已經講過好幾次了，你是『No Name』的領導者，也等於是招牌。我們所有的戰果都集中在『仁・拉塞爾』這名字上並向外傳播，這樣的你不坐在上座那怎麼行。」

「ＹＥＳ！正如同十六夜先生所說！實際上，這一個月內收到的恩賜遊戲邀請函，收件人全都是仁少爺的名字！」

鏘鏘！黑兔在眾人面前展示出三張封蠟上各自蓋有不同共同體印記的邀請函。而且讓人驚訝的是，其中兩張並不是發給參加者，而是發給貴賓的邀請函。對於一個沒有旗幟的無名共同體來說，這可是破例的待遇。

黑兔露出幸福的靦腆笑容，小心翼翼地把三張邀請函抱進懷中。

「苦節三年……我們的共同體終於也開始收到邀請函了，而且收件人還是仁少爺的名字！所以請您堂堂正正抬頭挺胸地坐在上座吧！」

黑兔開心地吱喳喧鬧，情緒比平常還要興奮。

然而仁卻以彷彿比先前更苦惱的態度低下頭去。

「可是，那些——」

——那些並不是我的戰果。

在仁低聲講出這句話之前，卻被飛鳥以帶著催促語氣的發言打斷。

「所以呢？今天大家聚集在此的原因，就是要討論那些邀請函嗎？」

「是……是的，當然這也是議題之一。不過在討論邀請函之前，我想要讓各位知道共同體的現狀，所以才請大家集合…………莉莉、黑兔，麻煩妳們報告。」

「人家知道了。」

「嗯……嗯，我會加油。」

仁換下了陰暗的表情，以眼神對黑兔以及坐在末席的莉莉做出指示。

莉莉整理了一下日式圍裙的下襬，挺直背脊開始報告現狀。

「呃……關於儲備方面，暫時不會有問題。我想如果只是要維持最低限的生活，那麼應該一年之內都不會有困難。」

「哦？怎麼突然就沒問題了？」

「因為經過評估之後，和十六夜大人們在一個月前交戰過的『黑死斑魔王』被認定為五位數的魔王。再加上那次戰鬥是來自『階層支配者』的委託，因此規定報酬的位數也隨之往上提昇，這是來自白夜叉大人的通知。這麼一來，一段時間以內大家都可以吃飽飽了。」

莉莉不斷甩著背後的兩根尾巴，露出靦腆的笑容：

坐在旁邊的蕾蒂西亞皺起眉頭，輕聲告誡她：

「莉莉，不可以講這種沒水準的話。」

「咦……啊，對……對不起！」

察覺到自己發言太過直接的莉莉低下頭，一對狐耳整個漲紅，連自傲的兩根尾巴也非常慌張地亂甩著。

耀露出苦笑，催促莉莉繼續講下去。

「既然是『評估』為五位數，那麼他們是沒有根據地的共同體嗎？」

「是……是的，按照往例成員只有三人的共同體似乎很少會被認定為五位數，然而這次據說是考量到『黑死斑魔王』身為神靈，還有遊戲本身的難度。」

第一次聽到箱庭的基準，讓十六夜露出充滿興趣的眼神。

「哦？原來遊戲難度也跟位數有關啊？」

「ＹＥＳ！所謂恩賜遊戲原本就是神佛為了賜予恩惠而設下的考驗。在箱庭世界中，那些經過形式化以使其簡單好懂的考驗就被稱為恩賜遊戲，而遊戲難度則直接代表了主辦者自身的品級。」

十六夜一邊「嗯嗯」點頭，一邊靜靜聽著黑兔的說明。

——據說在箱庭，共同體的排名並不會因為擁有數名強大個人成員就能夠藉此提昇。

除了最下層的七位數地區，每個階層都存在著各自要求的條件。

「雖然提昇根據地階級的方法有很多，但如果要舉一些淺顯易懂的例子——

『為了闖越六位數外門，必須破解由階層支配者提出的考驗。』

『為了闖越五位數外門，必須將三個以上的六位數外門納入勢力範圍，在這些外門上懸掛旗幟，並進一步主辦能讓一百個以上之共同體前來參加的恩賜遊戲。』

……嗯，大概就是這兩項吧。」

前者的六位數外門要求的是共同體身為參加者的實力。

後者的五位數外門則要求共同體身為主辦者的實力。

這也就是代表——六位數魔王和五位數魔王使用的「主辦者權限」之品質和規模根本完全不同。

用力豎起手指的黑兔露出了少見的認真表情繼續補充：

「六位數魔王和五位數魔王可說是天差地別。如果是和六位數魔王交手，只要有強大的個人成員或組織力就有可能破解；然而面對五位數以上魔王時卻無法如此順利。五位數以上的魔王都是一些連身為『主辦者』的力量也都獲得認同的強者們。雖然和各位交戰過的『黑死斑魔王』只不過是個新人，然而她的恩賜遊戲卻是足以封印太陽星靈的兇惡考驗。」

黑兔這麼一說，十六夜也極為難得地以認真語調表示贊同：

「說得也對……如果珮絲特是個老練的魔王，那麼我們早在用審議決議來中斷遊戲時就成了死棋。要是她原本就預料到黑兔會發動審議決議，那實在讓人不得不稱讚……不過，在交涉場上的表現倒是很拙劣啦。」

十六夜用鼻子哼笑了一聲。

莉莉抬起頭，把話題拉回主線。

「然……然後呀，由於各位為了打倒五位數魔王而獲得了委託以上的戰果，因此針對十六夜大人幾位，除了金錢之外，還會另外授予恩賜。」

「哎呀？真的嗎？」

「ＹＥＳ！關於這部分再過一陣子會有通知，就抱著期待等候吧！」

哦～？十六夜的回應中帶著喜悅，其他兩人也是同樣。

雖然還不知道新的恩賜有什麼樣的內容，不過既然是打倒魔王的報酬，想必是相當「有趣」的東西吧？仁也露出開朗笑容點了點頭，要求莉莉進行最後的報告。

「那麼莉莉，最後麻煩妳報告農園區的復興狀況。」

當仁提出這個話題的那一瞬間。

莉莉的臉上就散發出光彩，以和先前幾乎完全不同的激動態度開始報告：

「是……是的！多虧梅爾和迪恩每天每天為了大家努力，農園區土壤全體的１／４已經是可以使用的狀態！這樣一來，為了確保共同體食糧所需的土地已經準備得非常充分！雖然還需要再多花一些時間才能整理成田園，不過只要優先種植葉菜類、根莖類和果菜類，我想就能期待幾個月後的成果！」

莉莉高興得連狐耳都豎了起來。她大概沒有料想到，那個徹底荒廢的土地居然只要一個月多就能復興吧。

看到莉莉開心成這樣，飛鳥一臉自豪地把頭髮往上撥了撥。

「這還用說，畢竟梅爾和迪恩一直不眠不休地努力，當然沒兩下就能復興嘛。」

哼哼～飛鳥得意地笑了。

——她們口中的梅爾和迪恩，是指和飛鳥訂下契約的共同體新同伴。

擁有開拓靈格和功績的尖帽子地精，梅爾。

以神珍鐵製造的永久驅動鋼鐵人偶，迪恩。

飛鳥之所以能坐在次於十六夜的第二席位，是因為她在農園區復興上立了很大的功勞。

雖然作為水源的水樹是由十六夜得到的恩賜，然而正是因為有飛鳥在，才能取得在復興土地時不可或缺的地精恩惠，以及耕種土地的巨大勞動力。

「尤其迪恩真的非常勤勞。每晚每晚，除了飛鳥大人去參加遊戲時的時間以外，一直都在整理土地……！而且也不眠不休地混合著被梅爾分解的年幼樹木和廢棄建材，真的幫了大忙！」

「嘻嘻，能讓大家高興最重要嘛。」

「不過這也叫做虐待屬下啦。」

飛鳥愉快地微笑，旁邊的十六夜卻開口揶揄她。

趁著氣氛還沒弄僵，黑兔慌忙讓討論繼續進行。

「那……那麼來談談這次的主題吧！人家想在復興有成的農園區裡設置特殊栽培用的特區。」

「特區？」

「YES！老實說就是栽培靈草、靈樹的土地，例如……」

「曼陀羅草之類？」

「風茄之類？」

「食人草之類？」

「YES♪……不對！最後那個很奇怪呀！怎麼能讓孩子們負責照顧『食人草』這類的危險植物呢！而且根據人家的標準，曼陀羅草或風茄之類的超危險即死植物也都統統出局！」

「……是嗎，那只能妥協，種一些食兔草之類的植物……」

「那種直接針對人家的惡意騷擾到底是什麼意思呢！」

嗚嘎～！黑兔倒豎著兔耳，大發雷霆。

看到會議一直無法順利進行的蕾蒂西亞無奈地垂下肩膀，直截了當地對十六夜等人開口：

「換句話說，我們希望主子們能取得適合種植在農園特區裡的秧苗和畜牧動物。」

「畜牧動物是指山羊或牛之類嗎？」

「沒錯。很湊巧，南區的『龍角鷲獅子』聯盟寄來了收穫祭的邀請函。加上這次是聯盟主辦的祭典，我想會有大批農作物聚集，並舉辦許多恩賜遊戲吧。其中應該也會出現以種牛或稀少種的秧苗作為賭注的遊戲。若想提高共同體的組織力，這是絕佳的機會。」

原來如此啊～問題兒童們紛紛點頭回應。

黑兔打開那封押著「龍角鷲獅子」印璽的邀請函，簡單說明內容：

「這次的邀請函希望我方能從前夜祭開始參加，而且旅費和住宿費都由『主辦者』來負擔，以一個『無名共同體』的身分來看，可以說是完全超乎想像的特例ＶＩＰ待遇！地點也是據說擁有南區數一數二景觀的『Underwood 大瀑布』！魄力不輸給境界壁的大樹以及美麗的河川將成為舞台！人家敢保證各位一定會很開心！」

黑兔挺著胸膛為大家介紹。她居然會像這樣強烈推薦，可說是非常難得的光景。

十六夜等人看了一下彼此，不懷好意地開口調侃黑兔。

「哦……居然能得到『箱庭貴族』的保證，還真了不起。我想一定是個很壯大的舞台吧……大小姐妳覺得如何？」

「哎呀？那還用說嗎？畢竟是那個『箱庭貴族』如此強烈推薦的地方嘛，肯定是個讓人目眩神迷的神祕地點……對吧？春日部同學。」

「嗯。萬一那是個讓人失望的地方……黑兔以後就要改名為『箱庭貴族（笑）』了。」

「『箱庭貴族（笑）』？這……這聽起來就像是個傻瓜貴族的蠢命名是什麼意思呢！我等『月兔』可是淵源正統，節操高潔又願意犧牲奉獻的貴族！」

「所謂肯犧牲奉獻的貴族聽起來就已經夠可疑了啊。」

十六夜哇哈哈地笑著挖苦黑兔，黑兔則鼓起雙頰把臉轉開，像是鬧起了彆扭。

仁帶著苦笑旁觀十六夜他們和黑兔拌嘴之後，才故意「嗯哼」咳了一聲，讓大家的注意力集中到自己身上。

「關於方針的說明，大致上已經結束…………不過只有一個問題。」

「問題？」

「是的。這次的收穫祭預定要舉行二十天左右，包括前夜祭則是二十五天，差不多將近一個月。這種規模的遊戲並不常見，如果可能，我們也想要全程參與。然而共同體主力長時間離開根據地並不是好現象。所以希望有一個人可以和蕾蒂西亞小姐一起留……」

「我拒絕。」

三人立刻回應。仁不由得把還沒說出口的發言又吞了回去，至於三名問題兒童則以一臉平然的表情回望著他，彷彿自己講了什麼理所當然的答案。

然而仁也只有在這件事情上不能退讓。正因為共同體目前已經開始累積實力，所以在防禦方面也必須加強鞏固。畢竟可能會出現像「Forest Garo」那種以綁架兒童為業的犯罪組織；箱

庭的天災「魔王」也有可能會襲擊這地域。

仁對著桌面把身子往前探，向十六夜等人提議：

「既然這樣，能不能請各位至少配合集中日數呢？」

「意思是？」

「前夜祭時兩人，開幕儀式後的一星期由三人一起參加，剩下的日數再回到兩人……這個方案怎麼樣呢？」

問題兒童們「唔」了一聲，看向彼此。

面面相覷了一陣子之後，由耀提出反問：

「根據這方案，只有一個人可以全部參加，對吧？那麼要如何決定是哪一個人？」

「這個——」

當然是根據位階高低來決定——原本想這樣回答的仁在話臨出口之際閉上了嘴。對於箱庭世界的共同體來說這或許是常識，然而對於來自外界的他們三人來說卻是另當別論。

正當仁煩惱到底該怎麼說明才好時，這次換十六夜把身子往前一探，對著眾人提案：

「這樣吧，趁現在到前夜祭為止的這段期間，用遊戲來決定哪個人可以去幾天如何？」

「遊戲？」

「哎呀，聽起來似乎很有趣。要進行什麼樣的遊戲？」

「這個嘛……『到前夜祭為止，能立下最多戰果的人獲勝』，怎麼樣？比較期限內的實際成績，讓可能在收穫祭裡取得最佳戰果的人才有優先權…………這樣就沒什麼好不滿的吧？」

聽完十六夜的提案，飛鳥和耀對望了一下。如此一來條件可說是五五波。

兩人同時對著彼此點頭，表示同意。

「我明白了，就這樣辦吧。」

「嗯……我絕對不會輸。」

飛鳥露出了不服輸的笑容，耀也難得地表現出鬥志。

如此這般，三名問題兒童就以「龍角鷲獅子」主辦收穫祭的參加權為賭注，展開了遊戲。

＊

——至於目前的戰果成績。

出乎意料，十六夜的成績呈現低迷狀態。

黑兔坐在河邊赤腳踢著水，嘆了口氣。

「沒想到十六夜先生的戰鬥經歷居然連同仁少爺的評價一起傳播了出去……雖然的確也只能說是時機不湊巧，然而根據十六夜先生您的戰鬥經歷，被拒絕或許是無可奈何的結果。幸好這次有白夜叉大人特別安排了遊戲，可是以後能參加的遊戲或許會越來越少……」

「…………」

——沒錯，在「No Name」的評價往外擴散的同時，十六夜的戰鬥經歷也開始傳開。結果就是十六夜參加遊戲的資格受到顯著的限制，到最後只剩下「Thousand Eyes」的白夜叉能介紹遊戲給他。

然而只要考量到十六夜曾經對戰過的敵人，被拒絕參加也是理所當然的反應吧。

居住在「世界盡頭」，擁有龐大身軀的蛇神。

前任魔王兼最強種族的星靈，阿爾格爾。

「黑死斑魔王」的親信，也是擁有神格的惡魔，威悉。

既然能夠打敗這些超越人智的敵人，十六夜的實力就不是該存在於最下層的力量。

「主辦者」方畢竟也要過活，既然明知會慘敗，自然不可能讓十六夜參賽。而當事者的十六夜，也對這種懦弱主辦者所舉辦的遊戲毫無興趣。

十六夜撐起上半身，聳聳肩膀看向黑兔。

「算了，畢竟有種說法是『霸凌有夠遜』嘛，尤其是類似榨取別人的行徑實在不妥，也會導致辛辛苦苦推廣出去的評價因此變差。我們的共同體必須是一個以『打倒魔王』為目標的正派組織，避開必勝的遊戲以誇示我們的寬宏大量，也是可以採用的手法之一。」

「您說得很對。不過這個遊戲能獲得的恩賜，是足以造成情勢逆轉的東西嗎？」

「這個嘛……？嗯，這就叫做破關之後的樂趣吧。」

十六夜爽朗地哇哈哈大笑。

相對之下，黑兔則露出複雜表情，啪唰啪唰地踢著水。

對黑兔本人來說，十六夜具備此等實力，自己卻無法介紹夠格的遊戲，讓黑兔本人感到很焦躁。因為黑兔深信，十六夜具備能在更大的舞台上贏取顯赫戰果和名譽的實力。

黑兔更用力地踢著水面，嘟嘴生著悶氣。

「雖然這次有白夜叉大人幫忙介紹所以總算解決……即使如此人家還是非常不甘心。要是參加遊戲但無法獲勝那人家還可以接受，居然連參加都不被允許……這樣就好像……」

被養著等死——黑兔原本想這樣說，但還是緊急閉上了嘴。因為她注意到十六夜看向自己的不高興視線。

十六夜表現出似乎覺得很麻煩的態度，搔著頭看著黑兔的眼睛。

「黑兔。」

「是……是的。」

「雖然我喜歡妳的謙虛態度，但是我也認為過於自卑的部分不妥。現在的狀況的確很無趣，但我應該已經說過，這都在我的設想範圍之內。別當著別人面前囉囉嗦嗦地自暴自棄好嗎？看了就煩。」

啊嗚～黑兔不敢吭聲，兔耳也倒了下來。

畢竟十六夜正在忙著思考遊戲的破解方法，這時自己卻在他身邊抱怨，根本是一種妨礙行為。先不論過於消極的問題，更嚴重的是欠缺常識。

為了不要造成十六夜的更多困擾，黑兔垂頭喪氣地離開，想要躲進森林的樹蔭裡。

十六夜瞞著已經很沮喪的黑兔，偷偷地輕嘆了口氣。

「喂，黑兔。」

「咦……是！」

「今天晚上就吃魚吧。」

……啊？黑兔歪了歪腦袋和兔耳。

十六夜看著大河，伸手指向河中心。

「河中那一帶有種拿來烤似乎會很好吃的魚，明明是河裡的淡水魚，我記得外型卻很像竹莢魚。我想吃吃看……能拜託妳嗎？」

黑兔原本一臉不解地聽著十六夜的發言。

然而在她理解了十六夜的意圖之後，下一瞬間臉上就綻放出光彩，用力點了點頭。

「ＹＥＳ！人家明白了！今天晚上就來回應十六夜先生您的希望，由人家負責料理吧！」

「嗯，我很期待。」

十六夜哇哈哈笑了，黑兔則為了預先準備下廚而蹦蹦跳跳地消失在森林小徑之中。既然她利用兔耳就能得知戰況，那麼無論身在何處都一樣吧。

話說回來那對兔耳還是老樣子，很容易能看出她的喜怒哀樂呢～十六夜雖然有些傻眼，然而不管怎麼說，這下就可以集中了。

照進林內的日光強度慢慢增加，太陽很快就會升上頂點。十六夜根據感覺推測剩下時間大約只有三十分。下次起身時，就會是最後的行動吧。

（時間也差不多快過完了，再不開始行動可就不妙……話雖如此，算得上是線索的線索實在太少了。）

十六夜休息片刻，再度確認「契約文件」的內容。由於幾個沒能在一開始就確定的情報產生了相符之處，讓「契約文件」的內容也出現了讓十六夜感到在意的部分。

（這樣一來，最後就是聯想遊戲了。只要把在意的部分相互對應比較，應該就能夠找出答案。）

第一個讓十六夜感到介意的部分，是恩賜遊戲的名稱，「湖上之花」。

確認之後，他發現水仙卵華是叢生於河川裡的植物。然而遊戲名卻很明確地叫做「湖上之花」。換句話說，「河川」和「湖泊」的差異將會成為特殊開花條件的提示吧。

接著是關於破解條件。這部分並沒有指定地點，只明確記載著必須「讓花綻放」。這個寫法也讓十六夜覺得似乎蓄意隱藏著什麼謎題。

至於最後，是花蕾和開花後花朵之間的差異。

花蕾生長在「水中」，而花朵綻放在「水面」。

換句話說，水仙卵華應該具備了開花後會上浮的習性。

「關鍵一定就是這三點，只要把這些串連起來——」

——什麼東西河邊沒有，但湖泊裡面有？

——花蕾並不是在水中，而是在水面開花。

——開花地點本身並沒有特別受到限制。

統合這些情報之後，十六夜獲得了以下的結論。

「讓開花的方法是……『水中深度的變化』，也就是環境的變化。雖然水仙卵華平常是在河邊開花的植物，然而萬一碰上豪雨等造成水量增加而導致深度產生變化的情況；或是水中的花蕾被沖走落進深溝中的情況，花蕾就會為了存續物種而突然開花，讓花朵在水面綻放……嗯，統整之後差不多就是這樣吧？」

「正確答案。」

……嗯？十六夜只把腦袋向後轉。他覺得這聲音似乎在哪裡聽過。

然而從背後樹影中出現的人，卻是他沒印象的女性。

這名美麗的女性用三色的花簪來盤起那頭閃耀著光澤的黑色長髮，身穿描繪著風雅花樣的白色和服，以憂鬱的態度邁步往前，讓衣袖也隨著動作左右晃動，還用著一種彷彿頗不以為然的表情俯視著十六夜。她緩緩靠近，來到彼此的瀏海和氣息都已經能相互碰觸的距離之後，才盯著十六夜的臉，對他露出一個雖然帶著促狹卻又具備魄力的笑容。

「哎呀，真的是個很奇妙的小子。不但擁有能夠一擊就打倒我的強大力量，腦袋也轉得很快，頗有點小聰明。的確讓人可以理解，為什麼白夜叉大人會對你特別關照。」

女性。

「…………」

十六夜眨了三次眼睛，重新打量著這個與自己如此貼近，甚至能夠感受到彼此氣息的美麗女性。

…………真的沒有印象。不只美麗得足以迷惑眾人的五官，還有即使隔著重疊穿上的層層和服，依然看得出身材豐滿且十分具備魅力的體態，讓她雖然整體的露出部分並不多，仍舊能散發出一股蠱惑的氣質。若是尋常男性，光是像這樣兩人貼近得能夠感受到彼此氣息，就會因此神魂顛倒吧。

然而現在的十六夜卻純粹地由好奇心取得勝利。

「……妳是什麼人？」

「真是過分的男人，難道你已經忘記被你踢過肚子的女人長什麼樣子嗎？還是自從你來到箱庭世界之後，每碰到一個女性就踢她的肚子？」

聽到這段含有滿滿諷刺之意的發言，再遲鈍也能聽懂。

十六夜難得地瞪大雙眼，凝視著女性的身影。

「原來妳是那條蛇嗎！不對啊，妳剛剛明明也還是蛇啊！」

「哼！對擁有神格者來說，變化成人類這點小事有何困難！倒是你一直蛇蛇蛇地叫我，實在很吵耶！至少該確認自己參加遊戲的主辦者叫什麼名字吧！這個蠢蛋！」

十六夜依言拿起了「契約文件」觀看。

只見文件上面明確記載著「遊戲領袖，白雪姬」這些文字。

十六夜訝異到將眼睛瞪得更大。

「妳叫做白雪姬？這意思是…………妳該不會是原本被祭祀在夜叉池裡的活祭品……啊啊不對，等一下，我記得妳的神格的確是白夜叉賜給妳的吧？那裡應該是神社沒錯呀……」

「這個嘛……實際上如何呢？總之現在這些事情怎樣都無所謂吧？你不是已經解開謎題了嗎？那麼你最好趕快行動，剩下的時間已經不到十五分鐘了喔。」

白雪姬用袖口掩著嘴角嘻嘻笑了，她的態度毫無任何焦躁。

即使謎題已經被解開，她仍然有把握自己會獲勝。

在規則明訂的遊戲範圍內，沒有深度足以讓水仙卵華開花的湖泊。雖然大河最深處就有可能符合條件，然而中心的河水流速很快。而且河水流向的前方正是「世界盡頭」的托力突尼斯大瀑布，萬一摔下去，就算是十六夜也無法得救吧。

白雪姬把嘴唇貼近十六夜耳邊，輕聲低語道：

「我可是好心建議你，還是乖乖投降吧。然後針對過去的失禮行徑道歉，如此一來我就會好心賞賜你一朵花。只消這樣，無論是面對白夜叉大人，還是面對夥伴的那些女孩，你都可以保住面子吧？」

「我怎麼可能會答應。要是我有膽對個蛇女投降而且還拿了她可憐我而賞賜的花回去，我看我們的大小姐肯定會表現出一副逮住我把柄的樣子，把花拿去大會堂正中央裝飾。而且還會很好心地以流暢書法附上一句：『逆迴十六夜，丟人現眼的證據在此』吧。」

十六夜就像是在說笑那般地隨性聳了聳肩。

當然，即使是飛鳥也不會做到那種地步吧。

……然而要是剛剛那番話被飛鳥知道——

「你希望我那樣做嗎？那我就這樣做囉？現在還可以特別加贈裱框和紀念照哦？」

必定會額頭冒著青筋，面露笑容應允。

因為沒有飛鳥在場和自己一搭一唱而感到有些遺憾的十六夜從大岩石上跳了下來，開口哇哈哈大笑。

「不過，真沒想到那條蛇居然是這樣的美女。」

「意外嗎？」

「很意外，而且我也賺到了……妳還記得當我獲勝時的契約吧？」

十六夜咧嘴露出了狂傲的笑容。

白雪姬不屑地哼了一聲以示反擊。

「自然記得。如果你真能解開這個不合理的難題…………那麼我白雪姬無論身心都會滿懷喜悅地隸屬於你。」

「真的嗎？不管什麼事情妳都願意遵從？」

「那當然。你可以撕裂我的胸膛啃食我的肝臟；也可以扯爛我的服裝，以鎖鏈限制我的行動，奪走我的純潔後隨心所欲玩弄哭泣哽咽的我直到你滿足為止……哼哼，我可以徹底服從你的欲望。」

白雪姬按著和服胸口，露出挑釁笑容，顯見她對勝利的把握有多麼強烈。

十六夜因為獲得契約承諾而滿意地點點頭，接著面對森林揮動兩手，像是在測量距離。

「那麼關於這個不合理的難題……現在就來乾脆破解吧！」

「什麼？」

「啊，對了對了。在破解之前我想先問清楚……妳知道海克力斯執行的『十誡考驗』嗎？聽說在南區這是實際存在的恩賜遊戲。」

「當然。」白雪姬詫異地回應，因為這是極為有名的考驗。

即便宗教不同，但擁有神格的白雪姬就算知道也合情合理。

——所謂「十誡考驗」，是希臘神話中的大英雄海克力斯為了償還害妻兒死亡的罪業而接下的神諭。他必須面對不死水蛇、吃人怪馬、地獄看門犬等各式各樣的強敵並達成考驗，也是希臘神話中號稱難度數一數二的恩賜遊戲。

「就算是那個海克力斯也無法十連勝，兩次被判定違反規則後，總共挑戰過十二次考驗。而這個『十誡考驗』中的第五場任務『奧革阿斯的牛廄』，是一個考驗臨機應變的比賽：

——『在一天以內，將養了三千頭牛隻，而且三十年來都沒打掃過的牛廄清洗乾淨。』

總之呢，就是個又臭又噁心還故意整人的遊戲。然而海克力斯面對這個講求機智的任務時，卻利用河川以亂七八糟的肉體勞動來予以解決——講到這邊妳應該懂了吧？」

十六夜露出賊笑。白雪姬似乎也已經推論出他的想法，臉色轉瞬發青。

「等……等一下！小子你是認真的嗎……！」

「沒錯！我隨時都很認真！」

站在河邊的十六夜話聲剛落，就立刻舉起右腳使勁往上踢。

這瞬間強烈的衝擊波掃過河邊，造成龜裂。這條龜裂一直線前進，巧妙得像是事先就埋好了炸藥，沿路噴出碎石和土砂，以彷彿會貫穿整座森林的強勁力道往前延伸。河水也開始洶湧衝向這道突然在岸邊出現的龜裂。

這副光景，看起來就像是臨時建造出了一條水道。

哇哈哈哈哈哈哈！發出響亮笑聲的十六夜用力往前大跳躍，像是要趕在衝進水道的濁流前方，然後用力張開雙手發出宣言。

「既然森林裡沒有湖泊——那麼只要改變河川流向自己製造一個不就得了♪」

白雪姬踉蹌了一下，像是感到頭昏目眩。

——沒錯，這就是海克力斯面對「奧革阿斯的牛廄」時提出的解答。他以蠻力改變了河川的流向，把整個牛廄都沖走之後，堅稱這樣是已經「把牛廄掃乾淨了」。

如果十六夜打算模仿「奧革阿斯的牛廄」，利用河川水流在這裡製造出湖泊——那麼白雪姬的領地必定會毀掉一半。

回過神的白雪姬放聲大叫。

「喂……喂！笨蛋快住手！你這混帳是認真的嗎～～～～～～！」

然而一切都已經太遲了，十六夜是認真的。

他認真地開始產生有一丁點興奮期待這程度的感覺。

還超級認真地甚至想在自己的座右銘裡追加「無論何時都要認真玩樂和開玩笑」這一條。

在十六夜就這樣邊迴轉邊用力著地之後——能打碎河山的拳頭在森林裡製造出巨大的凹陷，擊碎大地挖出了一個形似隕石坑的窟窿。會讓人聯想到星球地殼變動的地鳴聲向外擴散，從大河中溢出的水流宛如瀑布般噴濺出水花並逐漸灌滿窟窿。

——托力突尼斯大瀑布的主人對這名少年仍然過於輕視，或者該說是未能理解。

這個逆迴十六夜……正是世界上的問題兒童中，數一數二的最強佼佼者。

第二章

「混帳東西。自從來到箱庭之後我就一直命中犯水！」

十六夜用力甩著溼透的學生制服，一邊擰去水分一邊沿著通往本館的道路前進。自從被召喚到箱庭世界之後，他已經碰過好幾次濕成落湯雞的經驗。也是因為如此，現在動作才會如此熟練吧。

他埋頭闖過路面未經鋪設的荒蕪小路，來到目前沒有任何人居住的廢墟區，結果卻立刻聽到像是房舍倒壞造成的地鳴聲。

十六夜拍掉隨風一起掃過的沙塵，訝異地皺起眉頭。

（……剛剛那聲音是怎麼回事？）

碰！他粗魯地推開已經快要毀壞的大門，加快腳步前往地鳴聲傳來的方向。這附近沒有任何人居住，應該也不會有哪個人試圖靠近。

廢墟裡由箱庭最大的天災──「魔王」殘留下來的傷痕還明顯可見，恐怕連趁火打劫的傢伙也不會有興趣前來。在耗費了悠久時間而遭到破壞的這個居住區中，殘存下來的東西僅僅只

有被掩埋在塵土中的房舍；以及形同石碑，泛白而乾枯的行道樹。

那麼這陣地鳴聲到底是怎麼一回事呢？十六夜躡足隔牆沿著廢棄道路前進。這段期間內依然傳來好幾次彷彿有東西崩塌的地鳴聲。

如果是趁火打劫的賊，這未免也太高調了吧？十六夜竊笑著。然而下一瞬間……

「———ＤＥＥＥＥＥｅｅｅＥＥＥＥＥＮ！」

犯人就招供了。而犯人的主人也從旁發出了尖銳的叫聲。

「迪恩，要我講幾次你才聽得懂？我不是說過，除了戰鬥時禁止你大叫嗎？」

「……ＤｅＮ。」

擁有龐大身軀的紅色鋼鐵人偶低聲回答。

它一旦壓低音量，就連那個巨大身軀看起來也會跟著變小，真是不可思議。

十六夜失望地垂下肩膀，像是洩氣般地靠近久遠飛鳥。

「……哎呀？十六夜同學，你在這種地方做什麼？」

「那是我想說的台詞，大小姐。妳在廢墟區的這種角落裡忙什麼啊？」

「我是在拆掉房舍重新整理呀。雖然之前都以農園區為優先，但畢竟也不能一直把居住區丟著不管吧？」

「噢噢，原來如此。」十六夜理解地點點頭。

「不過大小姐妳也太虐待屬下了吧？妳是不是差不多二十四小時都在強迫它不斷勞動呀？

既然農園方面已經告一段落，至少該讓它休息一下吧？」

十六夜語帶挖苦地這麼一說，飛鳥就露出了有些尷尬的表情。

「這……算了，也對，今天就到此為止吧。」

「DeN。」

迪恩點點只有一顆眼睛的頭部，將巨大的手掌伸向飛鳥。飛鳥以優雅的動作拎起禮服裙襬彎身坐下，然後直接被送往迪恩的肩上。

看到這個情況，十六夜輕輕一跳，站上另一邊的肩膀。

「打擾了。」

「覺得打擾就下去。」

「那就不算打擾。」

「那麼請便…………話說，有得到什麼顯著的成果嗎？」

「嗯，算是好不容易趕上吧。」

隨著迪恩沉重步伐搖晃的兩人和睦地進行對話。

前進了一陣子之後，上空吹來一陣強風，同時傳來春日部耀的聲音。

「你們兩個正好要回去？」

「嗯，春日部同學妳也是？」

「嗯。可以讓我也……打擾一下迪恩的頭上嗎？」

「當然，請。」

「喂喂，妳這是怎樣！大小姐！」

十六夜提出抗議，但飛鳥卻一臉得意地把頭轉開。

耀張開手腳呈現大字型，以像是要抱住迪恩頭部的動作靠近。才剛在頭頂著地，她就用力呼了一口氣。

「十六夜有什麼成果？」

「很不錯的成果，總之妳們等著看吧。」

哇哈哈！十六夜雙手抱胸，放聲大笑。

「是嗎？」耀低聲回應之後，就以比平常更安靜的態度在迪恩的頭上躺下。雖然這副模樣讓十六夜等人覺得頗不可思議，不過他們猜想耀大概是累了吧？因此決定就這樣讓她好好休息。

通過廢墟區的一行人來到了蓄水池的前方。雖然還有其他道路可以通往本館，然而寬度足以讓迪恩不要破壞任何東西直接通過的道路只有這一條。一行人原本打算一直線回到本館，然而卻聽見通往農園區的道路的另一端傳來了喊聲。

原來是日式圍裙已成為特徵的狐耳少女莉莉。

「啊，各位大人歡迎回來！」

「我們回來了，莉莉。農園區的照顧工作已經結束了？」

「是的。因為才剛種下去而已，所以只需要進行一些簡單的工作。剛剛我是在確認從蓄水池通往農園區的水道，想說要在田園準備好之前先進行整修。」

仔細一看，莉莉的手上沾了不少污泥。

或許是因為她頂著正中午的強烈陽光進行了農務作業吧，額頭上滴下的汗水正反射著陽光。然而即使剛剛才在大熱天中工作，莉莉卻展現了比平常更有精神的笑容，長度約有身高一半的兩條長尾巴也不斷甩來甩去，並沒有露出疲態。

「妳好像很高興？」

「是的！我非常高興能像這樣處理共同體的工作！連午餐也會覺得特別好吃！」

莉莉豎起頭上狐耳，露出靦腆笑容。接下來她望著通往農園的雜木林，一會兒之後才用力握緊沾滿泥巴的雙手，把視線放回十六夜等人身上。

「而且……我家原本就是負責照顧農園的一族。以前每次看到荒廢的農園……我都一直抱著放棄的心態，覺得自己這世代大概沒機會照料土地了吧。」

莉莉愛憐地握緊自己那雙滿是泥土的小手。比其他人更認真工作的她，想必過著比過去更為充實的每一天吧——正當這時候。

咕嚕嚕嚕嚕嚕！四個人的肚子一起傳出了響聲。

眾人……主要是飛鳥和莉莉的臉也紅了起來。

「……啊……那個……」

「……飛鳥，這樣很沒教養。」

「等……等一下，春日部同學？」

「真是的，所以說嬌生慣養的大小姐就是這樣……」

飛鳥惡狠狠地瞪著十六夜。「根據常識思考，現在應該是男性出面袒護的情況吧！」——

雖然視線中包含了這樣的強烈指責，然而十六夜卻很乾脆地不當一回事。

原本莉莉驚慌失措地不知道該怎麼辦才好，不過提到午餐似乎讓她想起了一件事。

「其……其實本館哪邊已經準備好午餐了！因為是給我們吃的午餐，所以只有簡單的飯糰，不過如果各位願意稍等一下，就可以將種類準備齊全。如果各位有什麼想吃的配料……」

「真的？那我要梅子鰹魚醬油。」

「我要紫蘇昆布。」

「……美乃滋海底雞。」

咦？飛鳥和莉莉都不解地歪了歪頭。連提出的耀本身也為難地歪了歪頭，不知道該怎麼說明才好。

十六夜忍住笑意，往下跳到莉莉身邊，把她抱了起來。

「十……十六夜大人？您……您這是……？」

「莉莉妳也坐上去。不加快腳步的話，大小姐的肚子又要咕嚕咕嚕叫囉。」

「哎呀，我有說過可以上來嗎？」

「嗯？不可以坐上去嗎？」

「我一開始就說過了吧？要是覺得打擾就下去。好啦，只有莉莉可以上來，老是打擾別人的人就走回去吧。」

哼！飛鳥不高興地把頭轉開。面露苦笑的十六夜把莉莉放到迪恩的手掌上，獨自一人用自己的雙腳開始往前走。

當一行人走完從蓄水池通往本館的道路時，已經是下午一點了。

＊

——吃完午餐後，莉莉回去負責處理所有家事，十六夜等人則來到大會堂集合。為了決定每個人可以參加幾天收穫祭，十六夜、飛鳥、耀將報告戰果，仁和蕾蒂西亞則負責審查。

「喂，黑兔呢？」

「剛剛才出發前往『Thousand Eyes』的店舖。」

「因為已經確認過審查的標準，即使只有我和蕾蒂西亞在場也足以應付。而且現在只剩下十六夜先生還沒報告。」

是喔？十六夜點點頭。

嗯哼！仁有點裝模作樣地咳了一聲，接著開口說道：

「詳細戰果會再找機會詳細說明，首先就從各位獲得的大型戰果來報告吧。第一個從飛鳥小姐開始，她已經整理好飼養畜牧動物用的土地，還獲得了十隻山羊。預定只要飼養小屋和土地一完成準備，就會把山羊帶回『No Name』。」

「嘻嘻，孩子們說了：『山羊要來了！』『會有很多羊奶！』『而且還可以製造起司！』等意見，為此感到很高興。雖然並不是什麼顯赫的戰果或功績，但我認為對共同體來說這是很大的進展。」

哼哼～飛鳥得意地把長髮往上撥了撥。或許這成果並不豪華，然而捐贈畜牧動物以幫助維持生活的行動，對組織來說是重要的戰果。

蕾蒂西亞翻看報告書，繼續說道：

「其次是耀的戰果…………嘻嘻，這還挺了不起喔！之前也參加過火龍誕生祭的『Will o' wisp』為了和耀再戰，特地送來一封邀請函。」

聽到這話，十六夜揚了揚眉毛。是那三封邀請函之一吧。

——「Will o' wisp」是在北區建立根據地的共同體。

擁有地獄烈焰的幽鬼，傑克南瓜燈。

身穿哥德蘿莉塔服飾的地精，愛夏・伊格尼法特斯。

他們所屬的共同體「Will o' wisp」，能夠製作各式各樣的玻璃工藝品和燭台。

「耀小姐在『Will o' wisp』主辦的遊戲取得勝利，並免費訂製了由傑克南瓜燈負責製作，能儲存火焰的巨大燭台。」

「只要把這個燭台設置於地下工房的儀式場裡，就能和本館以及別館裡的其他『Will o' wisp』製品中的火焰同步。」

「因此趁著這次的機會，我們決定向『Will o' wisp』訂製爐灶、燭台、提燈等生活必需品。雖然這些相當昂貴……然而考量之後可說是不錯的預先投資。如此一來，以後根據地內就可以永久性地使用火和熱。」

「……哦？那還真的很了不起。」

十六夜的聲調中帶著喜悅和佩服，他也出自本心地認為這是個了不起的成果。

目前廚房使用的是放柴燒火的爐灶，之後將可以省下這個麻煩。

還有要是燭台能一直維持著火光，晚上讀書時就不需要使用蠟燭。對於愛好讀書的十六夜來說，這可說是最值得感謝的禮物。

「強化設備的計畫居然在不知不覺之間就進行到這種程度，妳還真有一套啊，春日部。」

「嗯，這次我真的很努力。」

耀露出過去少見的得意微笑。回想起來，對於這次問題兒童彼此較量的遊戲，她的確表現出不尋常的鬥志。應該也抱著某種堅定決心來應對這次的競爭。甚至讓人覺得她臉上的微笑隱約透露出一份自信，彷彿在表示：「應該沒人可以獲得比這些更好的戰果吧」。

十六夜靠著椅背用力往後仰，環視眾人臉孔之後，不懷好意地笑了。

「哎呀～妳們兩個真是讓人意外啊。在以金錢為賭注的小規模遊戲占了主流的七位數階層裡，看來是獲得了相當不錯的戰果。」

「還真是感謝如此高高在上的評語……那麼，十六夜同學你獲得了什麼樣的戰果呢？」

飛鳥以銳利的視線望著十六夜。

面露狂傲笑容的十六夜站了起來，並催促其他人照辦。

「那麼，現在就來去拿我的戰果吧。」

「……去拿戰果？去哪裡拿？」

「去『Thousand Eyes』的店。既然黑兔也已經去了，那正好。我本來就希望所有主要成員都能知道這些事情。」

聽到十六夜這番別有深意的發言，讓大家更是一頭霧水。

總之一行人決定離開大會堂，前往「Thousand Eyes」的支店。

*

眾人通過噴水廣場，走上橋樑以渡過流經都市區域的水道，前往「Thousand Eyes」的支店。半路上種植的行道樹正落下片片的桃色花瓣，並長出青綠的新葉。剛來到箱庭都市時，飛鳥曾經說過這些樹和櫻花很像，然而花朵似乎在經過兩個月之後才終於要凋謝。雖然眾人心裡產生了一股衝動，想要暫時眺望著水道旁隨風四處飄散的桃色花瓣，然而現在前往「Thousand Eyes」支店才是優先事項。

店門口可以看到那個熟悉的女性店員拿著竹掃把，辛勤打掃著同樣散落一地的花瓣。

她原本正在忙碌地動手清理，然而一看到十六夜等人，立刻露出了厭惡的表情。

「…………怎麼又是你們。」

「妳自己還不是又在打掃店門口，虧妳都不會覺得煩。」

「哼！只有日子過太好的人，才會說什麼『對工作感到厭煩』的言論。更何況雖然我只是個新人，但卻擁有負責這二一〇五三八〇外門支店的立場。我是在進行篩選，拒絕試圖硬闖的客人，只讓有資格的貴客進入店內，並非每天每天都只是在掃除！」

「哦？原來是這樣啊。真是了不起的工作，佩服佩服。那好啦，我們要打擾一下了。」

「回去！」

十六夜照慣例試圖無視店員直接闖關，女性店員則咧嘴露出虎牙，拿起竹掃把亂揮。伸手抓住掃把前端的十六夜無奈地垂下肩膀。明明已經跟白夜叉講好了，但這個女性店員實在很頑固。乾脆強行闖入把她弄哭，應該會滿有趣吧？十六夜腦中打起這種沒良心的主意，然而在他實踐之前，店內就傳出白夜叉的聲音。

「噢噢，抱歉抱歉，我忘記告訴妳小子他們會來。因為有個還算重要的案件，快一點讓他們進來吧。」

白夜叉並沒有現身，只有聲音從門簾後方傳出。女性店員對十六夜等人露出打心底厭惡的表情，然而她畢竟不能違抗店長的命令，只好嘆著氣讓開。

「……………………歡迎光臨，請進吧。」

獲邀進入的十六夜等人穿過門簾，走進「Thousand Eyes」的店內。

一行人按照慣例經由中庭前往專屬包廂，卻聽到紙門另一邊傳來女性驚慌失措的叫聲而停下腳步。

「請……請您住手！白夜叉大人！人家不是已經說過，事關『箱庭貴族』的體面，人家絕對不願意再穿上比那個更不檢點的服裝嗎……！」

「正……正如黑兔所言！我白雪忝居神格之末席……當……當然也不能以這種丟人現眼的樣子出現在他人面前……！」

聽到黑兔和白雪姬悲痛的喊聲，讓不清楚發生何事的眾人面面相覷。

紙門映照出白夜叉的身影，可以看出她正興高采烈地試圖襲擊兩人。

「哼哼哼，妳們兩個真是不解風情！根本什麼都不懂！正因為清高正直美麗又擁有尊貴地位，所以才會讓人產生想要玷污凌辱使其墮落的強烈欲望。尤其是妳們這種高不可攀的花朵！再這樣下去，遲早那些滿腦猥褻的暴徒意圖讓發育完成的豐滿誘人肉體精通情色技巧的邪惡欲望將會爆發導致他們開始行動好讓妳們身陷奸計並進行嘿嘿嘿的糟糕行為！沒錯！就如同現在的我！」

「給我閉嘴妳這個亂七八糟的神！」

下一瞬間，洶湧水流和轟隆雷擊打破了紙門。

白夜叉也跟著被打飛了出來。以嬌小身體迅速地完成空中翻轉三圈半的她飛向十六夜，接著按照慣例被他用腳擋下。

「我接。」

「呼啊！我……我說你也該差不多一點！我不是說過別用腳來接我嗎！」

「那妳就別朝著我飛來啊。是說黑兔居然動用了金剛杵，妳到底做了什麼讓她——」

氣成這樣——這句話並沒有講完。

隔著水花造成的噴霧看到黑兔她們的樣子後，讓十六夜不由得啞口無言。

「……黑兔？妳那身打扮是怎麼回事？」

啊嗚！煙霧那頭傳來委屈的叫聲。

「討……討厭啦，為什麼十六夜先生你會在這裡……！」

「呃，那是我該說的台詞吧……唔。」

十六夜揮手掃去霧氣。

這瞬間，黑兔和白雪姬都抱住自己的身子蹲了下去。

因為煙霧消散後視界也清楚了起來，現在連後面的同伴們也能清楚看到黑兔她們的樣子。

三名問題兒童暫時無言地觀察著黑兔的服裝，之後由飛鳥率先提出了疑問：

「…………這是和服？」

「呃……迷你裙型和服？」

「不，應該是尺寸小一號的迷你裙型和服搭配吊帶襪吧？」

沒錯！白夜叉得意地挺起小小胸膛。

黑兔她們被迫穿上的服裝是尺寸故意小號得讓人能明顯看出身體線條，而且還把大腿以下的部分全都裁掉的變形和服。再加上從肩膀到胸口的部分都大膽敞開，露出了大量的肌膚。像兩人這樣豐滿的女性一旦穿上布料如此精簡的服裝，即使並非自願，視線還是會固定在她們身上吧。

而且還搭配了花邊蕾絲吊帶襪，根本是完全欠缺統一感的服裝。

站在最後方的蕾蒂西亞「唉～」地深深嘆了口氣，來到黑兔她們的前方。

「妳們兩個，總之先去換衣服吧。尤其是黑兔，那種全身溼透的樣子實在……」

「什麼！妳說黑兔她都濕了！」

——轟隆隆隆隆隆！追加的雷擊命中了白夜叉。

＊

「嗯，概念還算不錯，不過下一次應該要先找我仔細商量過再……」

「請不要繼續討論這個話題！」

啪！換回平常服裝的黑兔拿起紙扇，以稍微放輕的力道敲擊十六夜的腦袋。

然而白夜叉卻甩甩有點燒焦的腦袋，非常認真地搖頭。

「不，那服裝和今天要討論的事情也非全然無關。剛剛那些本來並不是要讓黑兔穿上的衣服，而是預定要給在這外門建立的新設施使用的正式服裝。」

「設……設施用的正式服裝？您說那個猥褻的偽和服嗎？您到底想建立什麼亂七八糟的設施？」

「所以我說妳也冷靜一下，設施本身可是非常正經的東西。」

「嗯。雖然話題有點扯偏了，但關於本案，其實是『階層支配者』活動的一環。最近東區下層並沒有出現算得上是魔王的魔王，所以我想，就來稍微協助地域發展吧。當我正在煩惱該從哪個地方著手時，十六夜舉出了個提案，主張『要想發展，確保豐沛水源最合乎期望』。」

「嗯，像之前不是曾經鬧過乾旱嗎？根據那情況，我推測無論哪個共同體都為了籌措水資源而大傷腦筋。」

「雖然城鎮裡設置了水道，然而現狀卻是只有付得起使用費的中級以上共同體才能使用。在東區的七位數外門，有很多組織都是前往都市外汲取用水。即使有在進行定期降雨，然而能確實儲備足夠水源的共同體到底又有幾個呢？」

十六夜和白夜叉這番意外正經的言論讓黑兔多少有些困惑，不過她依然點頭回應：

「是……是的。畢竟東區並不像北區有豐富的降雪量，也不像南區那樣有大河流經都市區域。關於這問題只能當成是地區特色，乖乖認命接受。」

「嗯。所以我才會想要以『階層支配者』的權限，來開拓一個大規模的水源設施。我是吩咐十六夜去白雪那邊取得能作為水源的恩賜……真沒想到他居然會直接讓她成為隸屬。白雪，妳的修行恐怕還不到家吧？」

白夜叉嘻皮笑臉地看著白雪姬。

已經換上白色和服的白雪姬則露出賭氣的表情，把頭轉開。

「我明白這事的前因後果了。不過既然如此您直說便是…………就算不透過這種小子，我也會歡喜協助自身主神的要求呀。」

白雪姬邊抱怨邊回應。

然而白夜叉卻以意外認真的語氣反駁。

「不，那樣一來就失去了意義。要是『階層支配者』負責完成一切並過度溺愛，將只會導致下層越來越墮落。即使我可以準備設施，但最後的臨門一腳，果然還是必須由居住於該地域的居民來親自完成。這次之所以委託十六夜進行這件事，還有一個用意是為了大肆宣傳最下層已經出現了具備實力的共同體，藉此提高眾人的競爭心。」

更不用說既然立功者是無旗無名的「No Name」，那麼想必也會出現那種認為「自己或許也能辦到！」而鼓起幹勁的共同體吧。

聽完白夜叉的這番計畫後，依然臉色難看的白雪姬瞄了十六夜一眼，才放棄般地重重嘆了口氣。

「呼…………算了，這也無可奈何，即使我提出異議也不可能推翻契約。我就把托力突尼斯瀑布交給移住過來的水精群，遵從小子的命令吧。」

「那還真是謝了。不過妳不必擔心，我暫時不會對妳下令。畢竟已經訂下契約，在設施完成之前要把妳暫時交給白夜叉——好啦。」

在和水源設施與白雪姬相關的話題告一段落之後，十六夜把視線移向白夜叉。

他並不打算免費出借白雪姬。

正是為了要破解白夜叉所提出的遊戲內容：「取得能成為水源的恩賜」，他才會把白雪姬借出。

十六夜眼中透出狂傲的光芒，伸出一隻手要求報酬。

「好了，這下契約成立，遊戲也破解了，妳就老老實實地把講好的東西交出來吧。」

「哼哼，我知道，雖然委交給無名共同體是前所未聞的事情……不過為了地域的發展，你甚至願意出借擁有神格者。立下如此大的功績，其他共同體想必也不會抱怨。」

聽到兩人的對話，「No Name」一行人都緊張了起來。這個報酬即將決定收穫祭的參加資格。

白夜叉伸出雙手，用她那小小的手掌拍了兩下。

於是包廂立刻被光線籠罩，最後出現了一張羊皮紙。

白夜叉從半空中拿出一支羽毛筆在文末簽名，然後看向身為領導者的仁。

「那麼，仁．拉塞爾，這個就交給你保管了。」

「咦？交給我嗎？」

「嗯，這是由共同體領導者管理的東西，所以該由你親手接下。」

仁按照指示來到白夜叉面前坐下，觀看羊皮紙的內容。

接著，他就因為受到衝擊而整個人僵住不動。

「這……這……該不會是……？」

「您怎麼了呢，仁少爺？」

黑兔也咚！地跳到了仁背後。

結果她也和仁一樣，驚訝得無法動彈。

羊皮紙的書面上寫著以下內容：

「──二一〇五三八〇外門　權利證──
＊階層支配者保證本文件為外門之權利證。
＊伴隨著外門權利證的發行，同時許可共同體將外門之外側裝潢作為宣傳之用。
＊擁有外門權利證的共同體將可收取前述之『境界門』使用費的百分之八十。
＊擁有外門權利證的共同體將可免費使用前述之『境界門』。
＊今後，外門權利證將承認共同體『　　』為地域支配者。
『Thousand Eyes』印」

「這……這是……外門的……權利證……！我們成了『地域支配者』？」

「嗯，外門的權利證向來會賜給地域裡最具備實力的共同體，在『Forest Garo』解散之後，原本由『Thousand Eyes』代為保管……還給現在的你們，應該沒有問題吧。」

白夜叉掩著嘴角呵呵笑了。

──所謂的外門權利證是特殊的「契約文件」，可以取得與箱庭都市外門相關的各式權益。

例如連接各外門的「境界門」之啟動，或是宣傳用的外門整體設計等事務都將全面委任，因此擁有外門權利證的共同體所佈置的裝飾和其規模有時候也會直接影響到地域的復興，是極為重要的權利。

在位處同列的外門競爭時，外門的裝飾也會直接被視為該地域的等級。

正因為影響力如此龐大，所以擁有這權利證的共同體被稱為「地域支配者」。

「可……可是現在的我們並沒有能懸掛於外門的旗幟。看到外門沒有標誌，或許地域的其他共同體會提出異議……」

「喂喂，小不點少爺，你也用用腦袋吧。我們免費提供了水源給地域耶？就算是平常那些高調指責我們是區區無名的傢伙們，這次也不得不乖乖閉嘴吧？」

仁猛然一驚，把想說的話又吞了回去。十六夜是在把這些情況全都評估進去之後，才實際採取行動。

他倒吸了一口氣，把帶著困惑的視線移向黑兔。

「黑兔……」

「——……」

黑兔對仁的呼喚並沒有反應，只是低著頭，身體微微發顫。

之後全身發抖的黑兔直接站了起來，緩緩往十六夜的方向移動。

十六夜收起笑容，訝異地皺眉。

「怎麼了？要是妳有什麼不滿，我就多少聽一下吧。」

「——……」

咚！黑兔整個人跳進了十六夜的懷中。

「太了不起了……！了不起！了不起！您真的太棒了十六夜先生！居然短短兩個月就可以

連權利證都拿回來了……！真的……真的非常感謝！」

呀♪嘿～♪黑兔發出奇怪的叫聲，整個人掛在十六夜的脖子上轉圈。

比平常更誇張的反應雖然讓十六夜也有些狼狽，不過胸前傳來的柔軟感觸讓他立刻又恢復鎮定。

（哦哦，這真是賺到了。）

十六夜趁亂享受著黑兔身體帶來的感觸。明明身材如此纖細，為什麼可以有這麼驚人的份量呢？雖然他內心產生了疑問，不過反正很舒服，所以就算了。

至於當事者黑兔高興得根本沒有發現被性騷擾，所以沒關係吧？

至於坐在包廂後方的另兩名問題兒童，以失望的表情看著彼此。

「……這下果然是我們輸了？」

「……應該是吧？真抱歉，飛鳥。」

「沒關係啦，春日部同學沒關係嗎？」

「嗯，畢竟沒辦法呀。妳看黑兔和仁都…………那麼開心。」

是嗎。飛鳥短短回應，再度望向黑兔等人。

她們兩人就這樣一直看著以十六夜為中心開心喧鬧的兩人，彷彿是在望著某個遠方的風景。

第三章

——那天晚上，「No Name」舉行了一個小宴會。

餐桌上擺出了許多平常不會準備的菜餚，年長組的孩子們也一起加入了乾杯的行列。

由黑兔親自下廚料理的河魚是先稍微烤過表面後再油炸，接著淋上濃稠的勾芡湯汁才作為菜餚端上桌。她自己似乎認為是個相當不錯的傑作。不用說主力群，連孩子們也頗有好評，然而卻因為十六夜——

「黑兔，我認為這個不該淋勾芡湯汁，而是用醋去醃應該會比較好吃。」

——講了這樣一句話，破壞了很多方面的興致。

這場快樂的宴會結束後，春日部耀帶著三毛貓回到自己的房間。

夜已深，外面吹進來的風帶著些許涼意。她來到窗邊坐下。

咻～夜風撫過耀的臉頰，她同時嘆了口氣。

「三毛貓，我要到收穫祭開始以後才能參加。雖然很遺憾，但前夜祭我是去不了了。」

「……是嗎？真遺憾呢，小姐。」

「嗯，不過也沒辦法。畢竟十六夜真的很厲害，解決了水源不足的問題，還救出了蕾蒂西亞。像上次解開魔王謎題時，我也感到很佩服，覺得他真的是一個很厲害的男生。」

所以——這也沒辦法。

她像是要說服自己般地輕輕笑了笑，接著抬頭仰望滿天星斗。

然而立刻又把視線往下，彷彿是注意到了什麼。

……真是諷刺。明明是想要尋求慰藉所以才仰望天空……卻發現在星空中最燦爛奪目的是十六夜之月。

「……不過，不只十六夜很厲害，飛鳥也很了不起。面對貧瘠的土地，居然只用了短短一個月就能整理好土壤，實在很了不起。」

「哼～那種事情，在我們以前住的地方根本不算什麼啊！」

「那是因為技術發達呀。一想到得靠人力來讓那片土地成為農場……原本應該得耗費好幾個世代來復興才辦得到。」

結果飛鳥卻在短短一個月內就達成了，的確是足以被稱為「恩賜」的奇蹟吧。

雖然朋友的傑出成果讓耀也與有榮焉，但她的笑容卻似乎帶點寂寞。

感到介意的三毛貓抖著喉嚨發問：

「小姐……出了什麼事嗎？」

「…………沒什麼。」

只是——耀頓了一下，從窗戶看往農園區的方向。

「……三毛貓，那個農園啊……是由十六夜來提供水源，飛鳥培育出土地。所以最後如果能由我來準備秧苗，我想……我就可以抬頭挺胸地說……『這農園是我們三個合作的心血！』之類……所以為了能在收穫祭裡盡量多參加幾天，這次我真的很努力。」

可是還是不行。充滿自信提出的戰果，簡簡單單地就被打敗。

比任何人都厲害的友人即使情勢落後，也能輕輕鬆鬆地提出比自己更好的戰果。

而且這情況並不是僅限於本次，已經連續數次，耀都無法在遊戲裡立下最具重要性的戰果。之前在魔王的遊戲中，甚至還表現出還沒戰鬥就敗北的醜態。

為了和他們一起以「打倒魔王」為目標並繼續活動下去，耀希望這次能夠盡量在棲息著許多幻獸的南區多待幾天是幾天，也想要盡量多認識一些新朋友。

雖然如果是一般的遊戲還可以另當別論，然而耀卻比任何人都切身感受到，要想挑戰魔王主辦的遊戲，她的實力根本不夠。

為了繼續保持身為「No Name」主力的立場，必須具備足以隻身對抗魔王的力量。

「……三毛貓。」

「嗯？」

「十六夜跟飛鳥，很厲害呢。」

「……是呀。」

三毛貓短短回應。

耀看著在夜空中揮灑出燦爛光輝的十六夜之月。

「不過，我…………就不怎麼厲害。」

「——……」

「果然以半吊子心情加入共同體還是行不通呢。只是湊巧獲得了很棒的朋友……但我卻沒有能力維持住這份關係。」

「…………小姐……」

三毛貓找不出該說什麼話才好，只是靜靜地磨蹭著耀的手。

耀也回應牠的動作，輕撫著三毛貓的下巴。接著她用雙手抱起三毛貓，連同膝蓋一起抱住，整個人窩成了一團。

＊

——在那之後，三毛貓偷偷溜出了寢室。

照明已經被熄滅，牠靠著從窗外照進來的星光走下樓梯。

看到耀第一次和人類成為朋友，三毛貓比任何人都鬆了口氣。牠和耀在同一天出生，也一起共度了十四年的歲月……然而三毛貓認為自己的壽命恐怕已經不長。並不是因為生病，而是身為生物的壽命即將燃盡。原本牠以為接下來只要在箱庭世界悠哉度過餘生……看樣子最後自己還必須再辦一件大事。

（可惡的小子……讓小姐傷心的罪過可是很重的喔……！）

牠踮起貓腳，小心翼翼躡手躡腳地前進。

對於貓來說，要在不發出聲音的情況下跑過走廊本是輕而易舉之事，然而對手畢竟是無人能出其右的頑童逆廻十六夜，即使過於警戒也不算多餘。

三毛貓踩著不像是貓的奇妙步伐，沿著樓梯滑下樓。

偷聽了負責熄滅館內四處燈火的年長組孩子們交談之後，得知十六夜似乎正在洗澡。若是平常，現在已經是他去書庫翻看書籍的時間，但今天和黑兔他們鬧了好一陣子，所以才會拖延到時間。

（原來是在浴室。雖然讓臭小子的衣服上沾滿毛球也不錯……不過如果想讓他好好受點教訓，這樣似乎太客氣了。）

來到澡堂之後，三毛貓先確認了內部的情況。原本以為只有十六夜在裡面……結果更衣室卻放著另外兩套看來屬於女性的衣物。

（唔……一個雄性居然配上兩個雌性，還真是過得很爽嘛，臭小子……！）

可以聽見澡堂內傳來似乎很開心的男女說話聲。

連個人恩怨也被燃起的三毛貓更是認定十六夜不可饒恕，牠跳上裝有十六夜衣服的籃子，窸窸窣窣地開始翻找。

在學生服下方發現一個硬物之後，眼中散發出光輝，像是靈機一動。

（這是小子戴在頭上的玩意……好，就是這個了。）

三毛貓叼起目標的物品，無聲無響地往下跳，然後離開了更衣室。

＊

呀～發出稚氣叫聲的莉莉正在讓十六夜幫她洗頭。

原本自己是為了幫十六夜刷背才會一起進來，為什麼反而是他在幫自己洗頭呢？莉莉心中產生了這種疑問，不過看到十六夜本人心情似乎很好，因此她決定要乖乖讓他洗。

畢竟，當他的手指以絕佳力道和巧妙動作按摩自己的狐狸耳朵後方時，真可說是最棒的享受。

莉莉陶醉地呼了口氣。此時身後傳來一個聲音。

「好啦，洗好了。」

「是……是的…………謝謝您。」

「不必客氣啦。因為我都幫蕾蒂西亞洗了，要是沒有幫妳洗，不是很不公平嗎？」

十六夜豪爽地哇哈哈大笑，接著前往浴池。

只見先泡進浴池裡的蕾蒂西亞正露出苦笑等著兩人。拿下特別訂製的大緞帶之後，她的外表不再是平常的少女模樣，而是變成了一名艷麗的女性。

蕾蒂西亞押著包在身上的浴巾，以似乎有些無奈的聲調開口：

「哎呀哎呀……我的主子真的什麼都想試試。」

「別講得好像我毫無節操，我只是想看看蕾蒂西亞妳的頭髮泡在浴池裡的樣子。畢竟黑兔還來跟我打了包票，說什麼『絕對值得一見！』嘛。」

「唔……是嗎。嘻嘻，那麼我可以請教一下感想嗎？」

蕾蒂西亞從水中起身，在浴池的邊緣坐下。

滴著水的溼潤金髮染上星月的光芒，反射出絢麗的光輝。和白天那種在太陽光照耀之下燦爛輝煌的模樣有著風格不同的美，連當陪客的莉莉也著迷地呼了口氣。

「真的非常漂亮……」

「嗯，雖然女性的頭髮淋濕後就會給人不同的印象，不過蕾蒂西亞妳的頭髮的確有著戲劇性的變化。」

「嘻嘻，能被您稱讚真是光榮，主子。」

「不過我記得應該也有傳承指出，一部分吸血鬼怕水才對呀。而且蕾蒂西亞妳好像有個異名叫做『魔王德古拉』吧？德古拉是指那個德古拉大公？該不會妳就是本人吧？」

蕾蒂西亞睜大眼睛，露出頗感意外的表情。

她應該是沒想到話題會跳往這個方向吧。

——十六夜口中的德古拉大公，是實際存在於一四〇〇年代，一個叫做弗拉德三世的貴族自稱的異名。他據說曾經將大量的農民和貴族處以穿刺之刑，是個擁有各種奇異傳說的貴族，也是被當成吸血鬼德古拉之原型的人物。

十六夜歪著腦袋表示疑惑，蕾蒂西亞則有些不快地嘟起嘴巴。

「不，我說主子……那個，雖然我也不清楚詳情……不過所謂的德古拉大公應該是男性吧？難道主子覺得我看起來像男人？」

「很像很像，就是因為看起來像男人，所以來把浴巾拿掉確認一下吧！」

「————……唔……既然主子你這樣說……」

「不……不行呀不行！不可以把浴巾拿掉！」

莉莉面紅耳赤地出面阻止。

早就已經預料到情勢會如此發展的蕾蒂西亞若無其事地繼續話題。

「總之，怎麼說……雖然的確不算是毫無關係，然而以系統上來看，那男人和我完全沒有血緣。」

「我想也是。」

「嗯。我之所以會被稱為德古拉，反而是因為語源。德古拉（Drǎculea）這個字也有『龍

之子』的意思吧？我等吸血鬼正是由最強種『龍之純血』產生出的種族。」

「………哦？」

十六夜的眼神因好奇心而閃爍出銳利的光芒，他應該是被「龍」這個名詞吸引住了。

「龍之純血種……嗎……正好，我從很久以前就對那個什麼龍之純血有興趣。因為那和神靈或星靈不同，是個讓我完全摸不著頭緒的物種。」

「是嗎？」

「是啊。根據聽來的情報，龍似乎是『不具備演化樹的幻獸』，不過這個說法本身就有矛盾。所謂幻獸是當靈格提昇，演化樹產生爆發性變化的情況下產生出來的物種吧？如果是不具備演化樹的物種，不就等於說龍是『從無發生的生命體』嗎？」

「的確是那樣沒錯呀？」

蕾蒂西亞歪著頭，就像是在表示：這還用說？

十六夜一時講不出話來。

「────────────────哦？妳換個方式來說明一下吧？」

「就如同字面上的意思……純血的龍種並非『誕生』，而是『發生』。在某一天突然毫無前兆地由強大力量聚集而成的物種────這就是龍種之純血。後代中，只有單一生殖時會生出純血，倘若和異種交配，則會生出亞龍。」

「哦………原來能夠進行單一生殖啊，那麼體長應該很小才對吧？」

「沒那種事。據說龍之純血無論哪一隻都擁有超出想像的巨大身軀。尤其是製造出吸血鬼的龍，甚至在傳承中還留下了記述，說那是『背負著世界之龍』。」

啊？一時之間十六夜完全講不出話來。

這是因為他知道和那記述極為類似的存在。

——所謂「背負著世界之龍」，是一部分的神話裡記載著的世界構造，此外也存在著等同於世界觀的敘述。有時會以至高神之化身存在於神話中的這個觀念，是宗教上的宇宙論。

例如古代埃及的宇宙觀中有著「地球是身上覆蓋著植物，橫躺在地的女神；天之神則彎曲著身體，由大氣之神負責抬起」這樣的內容。

像這樣，認為「世界＝神」的宗教式宇宙論並不在少數。然而根據蕾蒂西亞的說法，甚至連擁有那類神話宇宙論的生物本身都實際存在。

（……不，既然我不清楚來到箱庭之前的吸血鬼們擁有什麼程度的文明水準，就無法確定那隻龍是否實際存在。畢竟這一類的宇宙論都是在文明尚未發達的時代產生出的理論……不過……）

如果，那種誇張得只會在神話中出現的龍確實存在……

我可無論如何都想親眼見識。十六夜這樣想著，內心也不由自主地得興奮了起來。

「……沒有留下文獻之類嗎？」

「似乎沒有詳細的紀錄。只有留下口頭上的傳承，說我等吸血鬼由身為造物主的龍所創造，是為了避免世界的演化樹出現混亂而負責監視的種族。而吸血行為造成的種族變化，就是過去身為演化樹守護者遺留下來的殘跡。」

「我知道的事情就只有這麼多」，蕾蒂西亞在此結束了話題。

哦哦哦……十六夜半是感嘆半是訝異地嘆了口氣。

仔細思考，這並非完全不可能的事情。既然箱庭世界這樣亂七八糟的世界都能真實存在，那麼就算還有什麼其他誇張的事物，或許也沒什麼好驚訝的。

他反而產生其他多得跟小山般高的疑問……不過這部分十六夜決定自己調查。

「…………嗯？那麼，難道鬼種其實更接近幻獸，而不是精靈嗎？」

「不，也不能那樣說。鬼種大多是獨立的物種，根據個體而有所不同，有可能是靈體，或是依存於演化樹的獸類。至於我等吸血鬼，算是一半一半吧。」

「……質問就到此為止嗎？那接下來是否可以換我提出問題？」

是嗎？十六夜回應。

「妳想問什麼？」

「十六夜你在故鄉時過著什麼樣的生活？」

這次換成十六夜一臉意外。

泡在浴池裡的蕾蒂西亞慢慢靠近十六夜，以平常不會展現的笑容拜託他。

「我從之前就一直很想問。雖然飛鳥和耀的故鄉也讓我很在意，不過對你的更是特別好

奇。不只是擁有強大力量的恩賜，連在箱庭世界中很受看重的博學知識也充滿了謎團。你以前待在故鄉世界的時候，是在研究這個領域嗎？」

「不，只是基於個人興趣才去接觸，反正我也沒有什麼特別想做的事情。」

「真的嗎？沒有任何理由就獨自進修？」

「嗯——啊……」

其實不是一個人……十六夜回想起過去，不由得面露苦笑。

蕾蒂西亞察覺出到表情的微妙變化，於是更進一步追問：

「你說不是一個人？那麼有人和你一起學習嗎？」

「怎麼可能，要是有人可以和我相提並論，我才不會特地來到異世界殺時間。」

十六夜哇哈哈笑著離開浴池。雖然他並非討厭被調查，然而他不喜歡那種問話方式。

他感覺到兩人很配合地隨後跟了上來，並拿出裝有衣物的籃子。

下一瞬間，十六夜就發現耳機不見了。

＊

——隔天早上，直到出發前一刻，十六夜仍舊沒有在根據地前現身。

從第一天就可以參加的飛鳥一隻手拿著洋傘，把出遠門用的行李放在旁邊。那身大紅色的禮服今天依然鮮豔奪目，將她高貴的站姿襯托得更加優雅。
飛鳥調整了一下洋傘位置，有些擔心地手摸著臉頰說道：
「十六夜同學還沒找到耳機嗎？不是已經找了一整晚？」
「YES，而且也讓孩子們全體動員一起去找……嗚嗚，再不出發會來不及呀。」
身穿平常那套迷你裙搭配吊帶襪的黑兔忐忑不安地等著十六夜，她身邊的仁也是一樣。
「……啊，來了！」
仁開口大叫。然而十六夜的頭上並沒有戴著耳機，取而代之的是用來壓住頭髮的髮箍。
黑兔睜大雙眼對十六夜發問：
「那……那是怎麼回事？」
「因為頭上不放個東西頭髮就亂翹啊，不過重點是我有話要說。」
十六夜往旁邊讓開，讓拉著行李箱的耀帶著三毛貓從後方走向前。
耀來到十六夜的身旁站定，抬頭望著他的臉，並微微把頭一歪。
「……真的好嗎？」
「沒辦法。沒那東西我的頭髮就實在不聽話，讓我沒辦法去。雖然是個壞掉的破爛，不過要是搞丟了，還是會很困擾。」
十六夜把頭髮往上撥，灑脫地笑了。其他的「No Name」成員了解狀況之後，也紛紛看著彼此。換句話說，為了尋找耳機，十六夜決定要留在根據地裡。

依然面無表情的耀眨了眨眼，然後抬起頭看著十六夜——不久之後她突然露出一個宛如小花綻放的柔和微笑，對著十六夜表達謝意。

「謝謝，我會代替你好好加油。」

「嗯，交給妳了。順便記得起碼去交個一百隻朋友，畢竟聽說南區有很多幻獸。對我來說，我反而比較期待這方面喔。」

「嘻嘻，知道了。」

耀充滿精神地對著十六夜揮揮手，接著和三毛貓一起跑向飛鳥等人。

就這樣，春日部耀、久遠飛鳥、黑兔、仁・拉塞爾和三毛貓。

總共四人和一隻離開了根據地。

留下來的蕾蒂西亞微微揮著手，目送大家離開。等到眾人的背影完全消失之後，她就以有些緊張的表情望著十六夜。

「十六夜……那個，這樣真的好嗎？你好不容易才靠著取得外門權利證來贏得優先順序，卻如此乾脆放棄……要找耳機，可以由我們來……」

「找不到的。既然找成這樣還沒找到，表示那東西被藏在只有下手者本人知道的地方。」

蕾蒂西亞的表情顯得更加緊繃。

雖然並沒有說出口，但她應該也抱持同樣的看法吧。

十六夜聳聳肩膀，露出苦笑。

「我只有去洗澡時會拿下耳機，耳機當然不可能自己長腳跑掉吧？或者該說是怎樣？那東西修煉成付喪神了嗎？如果是那樣，好像也算是賺到啦。」

「這……不過，到底是誰……」

「不知道。以狀況證據來說，最可疑的是春日部……但那傢伙不是會做出這種事情的人。正因為我這樣判斷，所以才會讓她先走。」

那麼是誰呢？蕾蒂西亞還想追問，十六夜卻嫌麻煩似地揮了揮手。

「放著就好放著就好！不久之後對方就會出來自首吧。而且那只不過是外行人做的耳機，根本毫無金錢上的價值。」

「……外行人製作的？該不會是你認識的人？」

唔，十六夜皺眉。兩人都回想起昨天在澡堂裡的對話。

十六夜原本覺得很麻煩所以打算改變話題……然而仔細想想後又改變心意，覺得這其實也不是什麼有必要隱瞞的事情。

「……妳想知道我故鄉的事情嗎？」

「嗯，請務必講給我聽。」

「是嗎……那就麻煩妳先準備早餐吧，餓著肚子實在提不起勁。順便還要好喝的綠茶和茶點，要是共同體裡沒有那就去買。這就是要我聊那些事必須支付的報酬。」

十六夜輕快地哇哈哈大笑，而蕾蒂西亞則拉起裙襬，輕輕微笑著說道：

「謹遵吩咐，我的主人。今天的早餐就由在下充分發揮手藝，為您精心製作吧。」

語畢，她俏皮地行了個裝模作樣的禮。或許是覺得用洗練舉止來開玩笑的蕾蒂西亞很有趣吧？十六夜放聲大笑，朝著餐廳走去。

＊

——二一〇五三八〇外門，噴水廣場前。

「境界門」向來是在固定時間啟動。由於只有在緊急情況下才會開放個人使用，因此每逢啟動時刻，為了行商的共同體們也會在此聚集。雖然對最下層的共同體來說，一個人必須支付一枚由「Thousand Eyes」發行的金幣是筆大支出，然而即使如此依然有需求，果然是因為這是在箱庭都市的交通上不可或缺的恩賜吧。

不久之後，門前也開始三三兩兩地出現可能是利用者的人影。

飛鳥等人凝視著刻在門柱上的老虎雕像，嘆了口氣。

「等從這場收穫祭回來之後，第一要務就是得拆掉這個雕像。」

「這……不必那麼急啦，可以等到共同體的儲蓄十分充足之後再……」

「哎呀，黑兔妳說這什麼話。從今以後，這門將成為宣傳仁弟弟的重要據點呢！就當成是預先投資，首先要製作以他全身為原型的雕像和肖像畫……」

「求求妳們千萬別那樣做！」
仁鐵青著臉大叫，再怎麼說那樣也實在太丟臉了。
飛鳥一臉遺憾地嘆了口氣。
「那……就拿黑兔來大肆宣傳吧。」
「為什麼要拿人家來宣傳呢！」
啪！黑兔還算克制地以紙扇表達吐嘈之意。飛鳥不高興地嘟起嘴。
這時，一旁歪著頭的耀也開口了：
「嗯……就拿黑兔來大肆宣傳。」
「所以說為什麼要拿人家來宣傳呀啊啊啊啊啊！」
啪啪！黑兔發出打從內心的叫喊，同時揮動紙扇。
雖然少了十六夜，然而兩人依然是問題兒童。看到無論什麼事情都保持同樣態度的兩人，黑兔只能嘆著氣拿出兩張邀請函。
「我們現在要前往的地點是南區的七七五九一七五外門，由『龍角鷲獅子』主辦的收穫祭。不過除了『龍角鷲獅子』，舞台的主人——也就是龐大神木『Underwood』的精靈們也送來了邀請函。我們預定會在前夜祭時就去造訪這兩個共同體，只有這點還請兩位特別留心。」
「嗯。」
「我知道了。」

黑兔在介紹目的地時，「境界門」繼續進行著啟動過程。

當藍白色光芒充滿大門之後，原本在旁等待的利用者們也開始排隊。至於黑兔等人則是以「地域支配者」的身分，站在隊伍旁邊等待境界門開啟。

「各位，外門號碼牌記得要確實拿好哦。」

「沒問題。」

飛鳥讓黑兔確認一塊深灰色的金屬牌。這個號碼牌上寫著的數字，將會連結到成為「境界門」出口的外門。

耀凝視著放在手掌上的號碼牌，接著把視線投向根據地的方位。

「…………」

「怎麼了，春日部同學，是不是有東西忘了帶？」

「不……只是在想十六夜……」

是不是已經找到耳機了呢？耀歪著頭說道。

飛鳥和黑兔似乎也很在意這件事，兩人也同樣凝視著根據地的方位。

「是呀……沒想到十六夜同學居然會為了一個耳機而放棄。」

「ＹＥＳ。明明他之前那麼期待。」

「我想那個耳機對十六夜來說一定很重要。」

耀握緊掛在自己脖子上的項鍊。

那個自稱「快樂主義」的少年為了尋找耳機，甚至不惜放棄眼前的娛樂而留在根據地。

這就代表那個耳機應該是一個意義遠大於那些事情，寄託著深厚情意之物。

「……希望他能順利找到。」

飛鳥和黑兔也同意地點點頭。隨後，啟動「境界門」的準備工作也已經完成。

十六夜吃完早餐之後，由於被派出去購買茶點的年長組孩子還沒回來，因此他決定先去參觀農園。途中，他跨越由水樹供給的水道，並穿過內側的雜木林。

等到脫離雜木林的樹叢，視野擴展開來之後，一片所見之處全都呈現焦茶色的肥沃大地迎接著十六夜。和只看得到沙塵和碎石的一個月前相比，這簡直是超出想像的變化，讓十六夜不禁驚訝地開口說道：

「哦……還真驚人，真的培育出農園的土壤了。」

十六夜在原地屈膝蹲下，手掌貼地握住柔軟的土壤。

含有充分濕度和營養的土壤鬆軟得即使用手也可以挖開，拿在手中可以感覺出沉甸甸的重量。這裡已經被改造成建立農園所需的理想環境。

尤其是土壤中包含的營養素，除非能湊齊各種生物和環境條件，否則無法復甦。要把那片徹底荒廢的土地恢復到這種程度，想來並非易事吧。

當十六夜正打算以散步心情稍微走走看看時，背後的雜木林中傳來莉莉的聲音。

「啊，十六夜大人！您來參觀農園了嗎！」
「嗯，雖然之前就已經有聽說過了，不過還真的是培育出了很不錯的土壤呢。」
「是的！接下來只要等待種子和秧苗送到就好！」
莉莉豎起狐耳，開心回應。
此時肥沃土壤這邊正好揚起一陣風，撫過兩人臉頰，然後吹往雜木林。
這已經不是以前那種乾燥的風，一股農園特有，含有豐富濕氣的土壤味道刺激著兩人的鼻腔。這正可以稱之為土地的氣息。
莉莉用力吸氣讓吹過農園的風漲滿胸口，然後帶著熱意呼了口氣。
「風裡……有水的味道。」
「嗯。」
「也有土壤的味道。」
「是呀。」
「有活著的土地的味道……！」
莉莉的語氣顯示出她感動到了極點。雖然她已經對十六夜表達過如繁星般多的感謝發言，然而她內心或許滿溢著認為即使說再多次依然不夠的情感吧？
十六夜看了肥沃的土壤一眼，露出揶揄般的笑容。
「像這樣重新觀察之後，才發現這裡真的很廣闊。光靠你們這些小不點們，有辦法照顧這麼棒的土地嗎？」

「這件事無須擔心，主子。」

這時蕾蒂西亞也從雜木林中現身，手上還提著裝有茶葉和茶點的籃子。大概是去跑腿的年長組孩子已經回來，所以她跑來找十六夜吧。

十六夜歪著頭反問剛才發言的意義：

「我是有聽說過莉莉出身於負責管理農園的家系，不過妳那樣說是什麼意思？」

「沒錯，其實這個莉莉正是出身於與稻荷神相關的豐饒一族，也是代代掌管共同體農園的家系之獨生女。」

蕾蒂西亞拍拍莉莉的背，她就面紅狐耳赤地低下頭去。

意料外的回答讓十六夜也忍不住連連眨眼。

「妳說稻荷神……是指稻荷明神嗎？」

「呃……那個……雖然類似但我想還是不一樣。根據我從母親大人那邊聽來的傳承，我們的祖先是獲得宇迦之御魂神賜予神格的白狐……」

十六夜更加驚訝地瞪大雙眼。

——所謂的宇迦之御魂神被視為穀物神、商業神、創業神等，是在廣範圍領域都被崇敬信仰的神靈。「宇迦(uka)」一詞的原意是「穀物」，一般認為是由於農耕神明信仰往多方面發展並逐漸廣為流傳，於是宇迦之御魂神就成為一名在各式領域都獲得信仰的神靈。而莉莉的祖先，據說正是其眷屬。

　即使是十六夜原本身處的二〇〇〇年代也因為工業發展，宇迦之御魂神被當成商業神或地主神等，在各種地方受到祭祀。就連在首都中心地區，將狐狸視為宇迦之御魂神的使者並供奉其神龕的情形也並不罕見。

　十六夜用手摸著下巴，露出別有深意的笑容。

「講到宇迦之御魂神，是伏見稻荷大社的主祭神。既然莉莉的祖先是從那裡獲得神格，那麼應該就是狐神的女官吧……這不是很了不起嗎？妳的祖先原本也是『No Name』的一員？」

「是……是的。不過那時祖先似乎已經相當年老，所以由後代的我們繼承了農園。在那之後隔了八代都沒有出現足以繼承神格的子孫，然後母親大人成為第九代並繼承神格，直到現在。」

「哦……莉莉的母親嗎？」

　十六夜再度環視農園。他看著肥沃的咖啡色土壤，歪著頭發問：

「那，妳母親人呢？果然是被魔王給帶走了？」

「…………是的。」

　莉莉低下頭，狐狸耳朵也縮了起來。既然是足以獲得神格的人才，魔王當然不可能放過。既然同樣擁有神格的蕾蒂西亞被抓走了，那麼這也是必然的結果吧。

　十六夜以視線向蕾蒂西亞詢問莉莉母親的事情，但她卻搖了搖頭。

「我們被分別關入牢獄中，到最後還是無法得知其他人的下落。即使我透過交涉人獲得了自由，然而現狀卻是連魔王的真面目都不清楚。」

蕾蒂西亞憂鬱地低下頭。她應該也很想知道同志們的下落吧，然而據說就連身為「階層支配者」的白夜叉都無法猜測出仇敵魔王的真面目。那麼他們「No Name」如果想自己調查這個對手，或許會比想抓住雲朵還要困難吧。

察覺到沉重氣氛的莉莉為了不讓兩人擔心，慌忙開口說道：

「不……不過，即使母親大人不在也沒問題！照顧農園的方法有留下書籍，道具也還都在！所以就算只有我們也沒問題！」

嗯！莉莉舉起雙手，在胸前用力握拳。

然而十六夜卻繼續雙手抱胸，彷彿完全沒有在聽莉莉說話。

他沉默了一陣子，以添了幾分認真的表情發問：

「……妳們一族是宇迦之御魂神的眷屬沒錯吧？那麼箱庭都市中沒有能與本殿相連的共同體嗎？」

「咦…………呃，是的，我想應該有。雖然不是通往本殿，但黑兔姊姊說過，在南區五位數區域聳立著一座通往天門的靈山……」

「那麼只要登上那座靈山，直接向宇迦之御魂神詢問所在地就得了。既然是賜予神格的主祭神，那麼我想至少能掌握眷屬所在的位置。要是一切順利，還可以一併查出魔王的位置和真面目……哦哦，雖說是老王賣瓜，但這真是個了不起的提案！」

哇哈哈！十六夜縱聲大笑。

莉莉訝異得倒吸了一口氣，使勁甩著兩根尾巴提出反論。

「可……可是，要登上五位數的靈山是非常辛苦的事，怎麼能讓各位費這麼大功夫……」

「話要仔細聽清楚，這是為了探查出魔王真面目的行動之一，並非全都為了妳。」

十六夜瀟脫地聳肩。

在一旁的蕾蒂西亞聽了這番話，也認真地開始檢討。

「……說得對，這方法非常有效。箱庭雖然無比廣大，但主祭神應該知道眷屬的下落。」

「是吧？」

「是呀……唉，這真是盲點。一等收穫祭結束，就來著手調查天門吧。」

蕾蒂西亞和十六夜交換了一下視線，對著彼此點點頭。

接著十六夜轉身再度面對莉莉，對著農園張開雙手，一臉狂傲地笑了。

「就是這麼一回事。莉莉，不久之後妳母親就會回來，所以在那之前，妳得想辦法把農園做出成績。現在的管理人是莉莉妳吧？如果以現在這副光景來迎接妳母親，一定會被狠狠斥責喔？」

十六夜的笑容裡帶著促狹之意。雖然剛才那番話講得拐彎抹角，然而很明顯他是在為莉莉著想。

莉莉似乎開心又害羞地垂下發紅的狐耳，搖著兩條尾巴道謝：

「……謝謝您，我們會讓農園成功恢復成原來的樣子……！」

展現出滿臉笑容的莉莉隨後就轉身背對十六夜他們，跑離現場。目送她身影的蕾蒂西亞嘻嘻笑著把視線放到十六夜身上。

「哎呀哎呀真讓人吃驚。雖然我之前就有這種感覺……不過主子你真的是個相當照顧同伴的人呢。」

「妳也太慢發覺了吧，如果我不是那種人，才不會想要出手幫助這種沒落的共同體。」

「嘻嘻，的確。我和莉莉都得感謝主子的善意。」

「沒錯，妳們可以哭著感謝我如此善良。」

聽到十六夜故意這麼回應，蕾蒂西亞也高聲笑了出來。

之後兩人沿著農園旁的小徑前進，來到預定要設置休息區的地方，在桌子旁坐下。白色桌椅還沒有被弄髒，在農園開始正式使用前，即使穿著便服使用應該也不會有問題吧。

蕾蒂西亞從手提的籃子裡拿出茶具準備，十六夜則隨口問了一句：

「不過妳的好奇心也實在很旺盛，我的事情聽了又能怎麼樣呢？」

「自然有很多用途。只要知道主子你的過去，說不定可以掌握一兩個把柄。」

「喔喔，原來如此。不過既然妳打著那種主意，就不該事前講出來。」

「哎呀，說得也對。請您忘記我剛剛的發言吧，我的主人。」

手裡忙著拿出茶杯的蕾蒂西亞露出微笑。

無論是讓人不會感覺無聊的對話技巧，還是洗練的舉止動作，蕾蒂西亞都是個有模有樣的女僕，甚至讓人無法相信她原本是個魔王。

對這點感到在意的十六夜以單邊手肘撐住桌面，對著蕾蒂西亞發問：

「我說，蕾蒂西亞。妳原本是魔王吧？那麼果然是因為在恩賜遊戲中落敗，所以才成了『No Name』的隸屬？」

「當然不是，我的主人從古至今都只有你們三人而已。」

「可是我有聽說過，只要打倒魔王就能根據條件來收服對方。蕾蒂西亞妳不是這樣嗎？」

「噢，原來是指這件事。」蕾蒂西亞理解地回應。

「這個嘛……因為說來話長，這邊我就先簡短說明吧。我發動的『主辦者權限』進入了有點失控的狀態，所以我的情況並不是『因為遊戲破解而被打倒』，正確說法應該是『被遊戲強制切割』。」

「……？那被強制切割的『主辦者權限』怎麼了？」

「直接在失控的狀態下被封印住。在南區……不，我並沒有被告知被封印在哪裡。即使知道，我也不打算解開封印。」

講到這邊，蕾蒂西亞就露出了彷彿期待已久的滿臉笑容。

「好了，那接下來輪到我發問了。」

「我知道啦，妳不要催嘛。話說回來，我的女僕到底想知道什麼事？」

嗯～蕾蒂西亞猶豫了一下。

雖然實際上她想要知道十六夜的出身和私生活的情況，不過這裡她決定以變化球進攻。

「這個嘛……首先，就來聊一下那個耳機吧。那是你的朋友或認識的人製作的東西？」

「才不是什麼朋友之類的密切關係啦。之前我也說過，那只是以前和我待在同一個機構裡的小不點製作出的實驗性質物品而已。」

「……機構？」

「嗯，是一個收養沒父母的兒童或孤兒的兒童福利機構……講是這樣講，但箱庭裡大概沒有類似的機構吧？」

十六夜煩惱著到底該怎麼說明才好。

另一方面，蕾蒂西亞則因為自己沒有直接詢問出身而鬆了口氣。雖然即使問了十六夜應該也不會介意，然而她的性格卻對這方面的禮節相當敏感。

（不……只要思考一下就知道這沒什麼好奇怪的。像十六夜這種擁有稀少能力的人類，在外界不可能過著正常的生活，更不用說生下他的雙親也不可能維持正常精神狀況……）

——蕾蒂西亞的思考到這邊暫時中斷。

仔細想想，一般的凡夫俗子，能生出十六夜這種才能超乎規格的人類嗎？

據說飛鳥是財界的大小姐。那麼就算她的祖先和曾和非人存在有過關係，其實也不足為奇。畢竟巨大財富的背後總是容易吸引魔性的力量聚集。

至於耀的力量雖然並非先天性，然而根據她父親製造出恩賜一事來推測，她應該擁有某種術師方面的血統。

所以蕾蒂西亞才會先入為主地認定十六夜也和其他兩人相同，擁有的才能是來自於血緣。

（雖然還無法完全否定這個可能性……不過傷腦筋，這下我真的很想問清楚。）

明明很想知道卻不能開口發問。蕾蒂西亞抱著這種焦躁心情，把配茶的芋羊羹塞進嘴裡。

或許是察覺出她的心情吧？

十六夜主動有一搭沒一搭地開始講起自己的身世。

「雖然說是機構，不過十二歲之前我一直被當成皮球踢來踢去。噢，可不是被親戚喔！而是從機構到機構，或是從機構到養父母，再從養父母回到機構。」

「…………？為什麼會那樣？」

「這還用問，當然是因為我太優秀啦。雖然希望領養我為養子的志願者多如繁星，不過也很快就會在鑑賞期內退貨。」

雖然十六夜哇哈哈地笑著，然而蕾蒂西亞卻笑不出來，只能靜靜地把視線朝下。

……不管擁有多麼強大的力量，那時的十六夜依舊只是一個年幼的小孩。雖說只是領養他的父母，但像那樣多次更換並不是健全的情況。

蕾蒂西亞不知道該說什麼，只能靜靜地聽著十六夜的敘述。

「……總之呢，我從小就充滿服務精神。雖然有求必應，不過看樣子刺激似乎過於強烈。那些主動出面想成為我雙親的傢伙不管是哪一個，到最後一定都會跪地磕頭對我說：『——拜託你回機構去吧……！』

就這樣再見了～其中也有那種試圖利用我的有趣傢伙，不過到頭來那傢伙也以同樣的方式落幕……哼！現在回想起來，我依然覺得那是個無聊的結局。我都讓他多方利用了，最後卻還是那樣。所以這下惹火了我，就把那傢伙的逃稅紀錄和侵占的證據全都奉送給檢調單位和電視公司。」

哼！十六夜不爽地喝了口茶。

看到他的反應，蕾蒂西亞直覺性地理解到……

年幼的十六夜其實對那個試圖利用自己的養父母相當中意，否則他現在不會語氣如此激動地指責對方吧。

「那是什麼時候的事情呀？噢，應該是十歲左右沒錯。在那之後，我就把那些試圖利用我才接近的傢伙們一個不留地打進地獄，不過這樣做也只有剛開始時會覺得有趣。我是藉此賺了不少資金，但也很快就膩了。就這樣，當我終於沒事可幹時——我好像……拿這些收集到的資金來舉辦了一場遊戲？」

「遊戲？」

「對。嗯，就是類似恩賜遊戲的東西啦，而且獎金也給得毫不手軟。規則只有一個，『在一星期以內找到我』，很簡單吧？」

「嗯……是呀。」

「我把拿來當獎金的一疊疊鈔票堆成小山，和註明規則的紙張一起拍照後拿到網路上四處散發。結果那些傻瓜就紛紛開始蠢動，還引起一小股騷動……然而這也只有剛開始時會覺得有趣。結果大部分的傢伙才三天就放棄，還講什麼『太難了』、『給點提示』、『主辦者根本不想讓人贏』之類的任性抱怨。」

十六夜不怎麼高興地聳聳肩。

到此蕾蒂西亞總算放鬆表情，開口調侃十六夜。

「不不，這是主子你不好。如果想主辦一場好遊戲，那麼就該嚴格挑選參加者。雖然我不知道網路是什麼東西，但簡單來說就是廣告塔之類的東西吧？如果在那裡大肆展示獎品並讓人自由參加，只會引來一大群粗劣的參加者，這就是所謂的自明之理。」

「哈，這下我還真找不出理由反駁。請看在那時我只是個小鬼的分上放過這一點吧。」

這確實的指責讓十六夜面露苦笑。

他倒了第二杯綠茶，以彷彿帶點憂鬱的眼神繼續敘述幼時往事。

「——遊戲中我躲藏的地點，是遠離人煙的深山。我把裝滿三十個公事包的錢堆在那邊等待，然而卻一直沒有人來。而且那時是夏末，濕度很高睡袋也很噁心地發臭，甚至還碰上了暴風雨來襲。在深山中聽到那轟隆作響的雷鳴聲，讓我覺得難怪從前打雷會被當成是神明造成的現象。雖然這身體就算被劈中也不會死，然而那依然具備讓一個小孩感受到某種巨大存在的魄力。」

「…………」

「在那陣暴風雨中，當我終於領悟到不可能出現破解者時，就讓我覺得一切都很蠢。要求我給提示所以給了，結果卻沒人看懂；為了被發現，我經常會一個人去亂晃，結果也沒被發現。雖然我還是個小孩，但還是很氣憤，覺得這些混帳的眼睛是退化成蠑螈了嗎！到最後我終於無法繼續克制，開始打起『這樣一來乾脆把一半世界毀滅算了』的主意，握著拳發著抖回到藏身處時……」

——對，在那雷聲大作風暴肆虐的深山中，逆迴十六夜遇上了新的邂逅。

「捨棄家族、友人、財產，以及世界的一切，前來箱庭」。

即使是回應了這種召喚的十六夜，在故鄉也曾經碰上唯一一次讓他無法忘懷的相逢。

就是和那個人——金絲雀的邂逅。

*

十六夜聽著巴士因暴風雨而發出的嘎吱聲，伸手抹去車窗上的結霜。看來暴風雨直接襲向了這個區域。下巴士時司機再三囑咐他應該要立刻避難，但實在太煩人了，所以十六夜完全不理會對方。

他利用深山中廢棄的設施作為藏身處。十六夜從已鋪裝的道路拐向岔路，沿著山路往上爬。這裡原本似乎要作為老人安養設施，然而預估會進行的高速道路開發計畫卻遭受挫折，因此被這樣直接棄置於山中，並沒有另行拆除。

十六夜走完因為大雨而狀況更差的山路，關上廢墟那扇已經產生裂痕的玻璃門。

他拿起掛在斷掉柱子上的毛巾擦頭，點亮事前準備好的提燈。

藉著提燈光線確認手錶之後，顯示目前時間是 23:56。得知只剩下短短四分鐘時限就要截止，藏不住心中失落的年幼十六夜嘆了口氣。

「……現在 23:56，發現我的人為零。」

「——現在 23:57，發現你的人有一。」

這樣應該算是破解了遊戲吧——聽到現場突然響起以這種輕鬆語調對自己說話的聲音，十六夜趕緊轉過身子，同時把背部貼向牆壁，提高警戒心。

那是女性的聲音。擁有音調宛如在歌唱的入侵者正屏息躲在黑暗中的另一側。

十六夜原本想要躡足靠近對方……但仔細一想就察覺到沒有必要這樣做的他聳了聳肩。

「……嗯，沒錯。妳是成功破解這遊戲的人。身為主辦人的我要祝賀妳，妳就快點滾出來吧。」

「……這個主辦人的嘴巴還真是不客氣呢。」

雖然語氣裡帶著不以為然，然而就連這樣，聽在耳裡仍舊很舒服。

每聽到一字一句，十六夜就覺得自己對這名女性的好奇心更加強烈。

「話說回來有必要自我介紹嗎？『十六夜小弟』？」

「……哦？真虧妳有查出來。」

「這還用說。這是為了找出你的遊戲，從你是誰這點開始著手，是理所當然的做法。」

哼哼～語帶得意的講話聲響起。

「不過啊，真沒想到世界上會生出你這種問題兒童。福利機構輪過二十四處，養父母換過三十一個家庭，其中檢舉收養者私下犯罪的次數則是二十一次。現在無論是哪個機構或家族都持續拒絕接受你。」

「好像是那樣沒錯。不過，也虧妳敢來找這種壞小鬼。明明我為了對付入侵者，在廢墟中設置了數量堆積如山的陷阱啊。」

「噢，嗯。那種程度不成問題。不過鋼琴線對其他人太過危險，所以我就拆了。」

鋼琴線被丟到了十六夜的腳邊。

這是原本設置在公事包隱藏地點的陷阱。而且因為位於廢墟的最深處，所以設置地點既陰暗又很難以確認……不對，比起這些事情……

「……妳居然沒有只拿了錢就走。」

「因為我是對你有興趣所以才來的呀。」

「這不是當然的嗎？」開朗的笑聲在陰暗的廢墟中迴響著。

「……也是啦，其他的參加者似乎都在拚命尋找這些錢的下落，他們似乎打算從照片分析出錢的隱藏地點。」

「因為那本來就是將意圖如此導向的照片。拍照時我故意讓背景的海岸線也被一併照入，不過再怎麼說那樣也太簡單，而且主旨錯誤。」

「不過，畢竟有那麼多錢，小孩子一個人來搬運不是很辛苦嗎？」

「那也是欺敵的手法之一。除此之外，我還準備了其他幾個誤導用的線索，結果無論是哪個傢伙都簡單上當！我該更嚴格挑選參加者才對。」

嘖！十六夜煩躁地咂舌。

結果黑暗中卻傳來像是在揶揄他的嘻嘻笑聲。

「同感。那種做法即使湊到數量但品質也會下降，更無法創造出高潮。既然要在網路上進行大規模的宣傳，就應該從『尋找獎品內容』這種試驗性的遊戲開始。如此一來不但可以篩選參加者，而且在表演效果上的可信性也會提高。這次遊戲的最大缺點……應該就是你讓大部分的人認定『世界上怎麼可能會有擁有這麼多錢的小鬼？耍人啊～』這一點吧？」

對方發出了宛如歌聲的悅耳笑聲。

十六夜有點不高興，但這番話有值得參考之處，因此他並沒有開口說什麼。

伴隨著鞋跟敲打地板的叩叩聲響，神祕女性逐漸靠近。十六夜舉起提燈一照，女性的全身樣貌就清楚地映入他的眼中。

確認女性外表之後，十六夜以頗不以為然的語氣發問：

「……喂，妳穿這樣爬山？」

「當然，這可是我的決勝服裝呢。」

話聲剛落，女性就手扠腰擺了個姿勢。

女性在白色長外套下穿著紅紫色的細肩帶背心，搭配著有跟的黑色長靴。特別會讓人留下印象的部分，應該是那對左右呈現對稱的貝殼耳環吧。因為大部分的左旋貝殼都是在基因異常下才會出現的東西，可說非常罕見。

被燈光照亮的臉孔出乎意料是個美女，帶著波浪的金色短髮更襯托出那工整又秀氣的五官。至於年齡，即使把標準提高也像是二十代前半。

「……沒想到妳這麼年輕呢，阿姨。」

「哈哈！說我年輕還叫我阿姨，你真是惡毒啊十六夜小弟。你應該要基於尊崇、敬意和敗北感來尊稱我為『金絲雀姊姊』才對。」

——十六夜的眉毛跳了一下。

同時他收起先前的親切態度，對著金絲雀放出彷彿能傷人的敵意。

「……剛剛那句話我可無法隨便聽聽就算了。『基於敗北感』到底是什麼意思？金絲雀阿姨。我是主辦人，妳是挑戰者。那麼妳應該要恭敬地向我領取獎金，這樣才合情合理吧？」

十六夜表現出簡直不像個年幼兒童的無畏態度，眼中也閃耀出銳利光芒。

然而金絲雀卻垂下了肩膀，表現出極為明顯的失望態度。

「……我說啊，十六夜小弟。我反過來問你，你為什麼要主辦這場遊戲？」

「什麼？」

「雖然我認為應該不可能……不過你該不會是基於『希望世界上有哪個人可以找到自己』——這種無聊到家的感傷主義而主辦了這場遊戲吧？」

這瞬間，金絲雀的眼神射穿了十六夜。

……起碼十六夜本人產生了這種錯覺。

「如果真是這樣，就是我給了你過高的評價。所以我可以老實道歉，『對不起，我不該以平等態度對你，也不該對一個小孩子的遊戲如此認真』。」

到底是怎麼樣？金絲雀皺起那端整的眉毛發問。

一時啞口無言的十六夜凝視著金絲雀。

（我……舉辦這場遊戲的理由？）

「希望別人發現自己？」——怎麼可能，十六夜全力搖晃自己的腦袋。自己並不是基於那種無聊到家的理由才舉辦遊戲，光是想像都讓他起了雞皮疙瘩。

那麼是為什麼？十六夜思考之後還是沒有答案。

金絲雀用力往後仰，張開雙手。一股激烈如廢墟外肆虐風雨般的陣風吹起她的長外套，讓實際嬌小的她看起來卻很龐大。

「不是吧？十六夜小弟。你之所以舉辦遊戲，並不是為了那種渺小又脆弱的理由。你寫下的那封信絕不是迷路兒童的申報書，反而應該是在更強烈的意志下撰寫出的一封挑戰狀。」

「…………」

「你追求的是能與自己相媲美的強大挑戰者吧？這場遊戲正是為了要找出那樣的人。然而參加者卻全都是一些跟路人甲沒兩樣的凡夫俗子……我說，十六夜小弟。你之所以感到不安和憤怒，並不是因為沒有出現破解者，而是因為你原本想舉辦一場讓人情緒高漲，熱血沸騰的遊戲，然而實際上的遊戲水準卻過於低落而無法成功。」

「…………嗚……！」

碰！火大又焦躁的十六夜踏穿了地板。

大概是因為她的發言說到了他的痛處吧。不像是十歲少年的強大腳力讓整棟廢墟都跟著搖晃，激烈的風雨從崩塌的牆壁缺口處吹入屋內。

金絲雀並沒有對威嚇感到畏懼，她背對閃電，一步又一步地開始靠近十六夜。

「我再說一次，我是勝利者，而你是敗北者。這場爭執是由你提出戰書，而由我接下。既然現在已經出現了破解者，你有義務以主辦人的身分來讚揚勝利者。無法辦到這種事的人，從一開始就不應該擔任主辦者。」

叩！踩著靴子後跟的金絲雀來到十六夜的面前。明明是個嬌小的女性，但現在她的身影看起來卻非常龐大。年幼的十六夜退後一步，以苦悶的語調拋下一句話。

「……妳意思是要我認輸？」

「沒錯。然後以主辦者的身分，發表由破解者勝利的宣言。這樣一來這場遊戲就結束了。」

「………………」

「等你的遊戲結束之後……就和我來開始下一場遊戲吧。」

——啥？十六夜像是遭受突襲般地發出了傻楞的叫聲。

金絲雀自顧自地繼續說道：

「沒錯，就是下一場遊戲。也好，下一次就由我來擔任主辦者吧。只要使用你準備好的金錢，就可以籌備出還不錯的舞台……嘻嘻，就由我來讓你見識看看，什麼才叫做真正的『主辦者』吧。」

如何？金絲雀歪著頭發問。因為話題往意外的方向延燒，讓十六夜楞楞地張開口不知該如何反應才好。

他就這樣傻著眼望著金絲雀好一陣子之後——才像是突然想到那般，開口喃喃問道：

「那麼……遊戲的獎品是？」

「獎品？」

「嗯。既然是只有我們兩人參加的遊戲，就不需要剛才討論過的那些事前準備之類吧？」

「嗯～說得也對……那麼就這樣吧？」

金絲雀彎下膝蓋，配合十六夜的視線高度。

接著她讓彼此額頭相碰，以彷彿在惡作劇的語調告訴十六夜：

「如果我獲勝……我可以得到一個講話很衝的兒子。」

「――」

「如果你獲勝……那我就一輩子當你的玩伴。附加條件是還會另外準備很棒的棲身之處。」

怎麼樣呢？金絲雀微笑著發問。

十六夜以為難的表情雙手抱胸煩惱了好一陣子之後，以大搖大擺的態度點了點頭。

「……真沒辦法。這場爛遊戲的勝利者是妳，金絲雀。」

「謝謝，接下來換我以『主辦人』身分來邀請你吧。」

金絲雀這麼說完，就拉起十六夜的手，牽著年幼的他往前走。

――兩人的遊戲持續了差不多兩年。

他們越過國境，橫渡大陸，去找尋伊瓜蘇瀑布的魔鬼，還確認過世界的盡頭……最後，兩人到達了一個福利機構。

「CANARIA 寄養之家」――這就是只為了接納十六夜而成立的兒童福利機構。

第五章

——七七五九一七五外門，「Underwood 大瀑布」，弗爾．伯格丘陵。

「哇……！」

「呀……！」

咻～灌進丘陵的涼風讓耀和飛鳥不由得驚叫出聲。

她們一方面是因為風中飽含豐富水分而感到驚訝，同時也因為前方的風景而暫時忘記呼吸。

「好……好棒啊！怎麼會有這麼巨大的水樹……！」

走出蓋在丘陵上的外門之後，耀等人立刻探頭觀察起下方。映入她們眼中的景象包括了被樹根形成的網狀花紋完全覆蓋住的地下都市，以及清涼水花四處飛濺的水上舞台。

即使身在遠方也能辨識出的巨大水樹橫跨在流往托力突尼斯瀑布的河川上，分支出的許多粗壯枝幹還湧出宛如瀑布的水流。

這是一棵能產生水的大樹。「No Name」的水樹就是在此處發芽的苗木。

第五章

「飛鳥！妳看下面！從水樹流出的瀑布前方有水晶建成的水道！」

耀扯著飛鳥的袖子，還發出了過去恐怕從沒發出過的興奮叫聲。

從巨大水樹溢出的水流穿過枝幹落入都市之中，接著通過裝飾著水晶的水道，以奔放的水勢流經市內各處。大樹的根部以網狀向外延伸，像是要覆蓋住整個地下都市，沿著其間縫隙搭建而成的水道則使用加工過的綠色水晶來製成。

巨大的水樹，以及挖鑿河岸建造出的地下都市。

這兩個區域，被統稱為「Underwood」。

（……哎呀？那個水道的水晶……？）

飛鳥看到水晶閃爍出的光輝，狐疑地側了側腦袋。如果沒有記錯，她總覺得在北區時也看過類似的東西。

（那個水晶……是綠色的玻璃？我記得北區也……）

「飛鳥，上面！」

「咦？」這次換成要抬頭仰望天空。雖然飛鳥覺得一會兒上一會兒下實在很忙，但立刻改變了想法。

因為在遙遠的空中，飛著數十隻頭上長角的鳥。

飛鳥啞然地望著上空，凝視著鳥群的耀則對照地發出興奮叫聲。

「長著角的鳥……而且那是鹿角，是我從來沒聽過也沒看過的鳥。果然是幻獸的一種嗎？

黑兔，妳知道那是什麼嗎？」

「咦？啊，嗯……是呀……」

「真的？那幻獸叫什麼？我可不可以先去看一下？」

耀很難得地表現出帶著熱誠的視線，然而黑兔卻一臉為難。正好這時，伴隨著一陣旋風，現場響起一個懷念的聲音。

「久候了，吾友。歡迎妳來到我的故鄉。」

以巨大翅膀刮起強烈旋風，在眾人面前現身的是那隻「Thousand Eyes」的獅鷲獸。牠把長著鳥喙的巨大頭部靠了過來，耀也溫柔撫摸著獅鷲獸喉嚨下方以作為回應。

「好久不見，原來這裡是你的故鄉。」

「嗯。『Thousand Eyes』似乎要參加在收穫祭期間舉辦的臨時市集，所以我負責拖曳護衛用的雙輪戰車來此。」

仔細一看，牠的背上的確裝設著比以前更精緻的鋼製鞍具以及韁繩。應該是和訂下契約的騎師一起前來吧。

獅鷲獸也把視線投向黑兔等人，收起翅膀彎下前腳。

「『箱庭貴族』與吾友之友，你們也久違了。」

「YES！好久不見了！」

「好……好久不見…………這樣回答應該沒錯吧，仁弟弟？」

「我……我想一定沒錯。」

聽不懂語言的飛鳥和仁君根據現場氣氛，總之也跟著行禮打了聲招呼。

獅鷲獸以嘴巴指指自己的背部，示意眾人搭乘。

「從這裡到城鎮還有一段距離。因為南區設置了所謂的野生區域，在移動時必須比在東區和北區時更加小心。如果你們願意，就由我載送你們過去吧。」

「真的方便嗎！」

黑兔開心地大叫，飛鳥和仁君由於聽不懂，只能不解地歪著頭。

耀往後推開一步，對著獅鷲獸深深低頭。

「謝謝你。如果方便，可以請教你的名字嗎？」

「當然，我的騎師稱呼我為『格利』，吾友也這樣稱呼我吧。」

「嗯，叫我耀就好了。還有這兩位是飛鳥和仁。」

「我知道了，吾友是耀，吾友之友是飛鳥和仁。」

獅鷲獸拍著翅膀表示理解。這段期間內聽完說明的飛鳥和仁也同樣低頭致意，之後才爬上獅鷲獸的背部。三毛貓也被黑兔抱在懷裡一起搭乘。

可以靠自身力量飛翔的耀趁著其他人正在爬上獅鷲獸的空檔，針對真面目不詳的鳥提出質問。

「格利，那些長著鹿角的鳥也是幻獸嗎？」

「……長著鹿角的鳥類幻獸？該不會是佩利冬吧？」
格利抬起頭，用鷹眼探測周遭。
最後牠在和「Underwood 大瀑布」位於相反位置的遠方水坑邊，找到了那些長著鹿角的鳥群。格利發出了兇猛的低吼聲。
「那些傢伙……明明再三警告過，不准牠們在收穫祭期間接近外門，看樣子牠們真的很想殺害人類。」
「……？牠們是食人種嗎？」
「不，佩利冬是想殺人。」
「YES，換句話說就是殺人種。」
黑兔輕巧地從獅鷲獸背後探出頭說道：
「雖然人家也不知道詳情，但聽說牠們原本是來自亞特蘭提斯大陸這地區的外來種。」
「……亞特蘭提斯大陸？傳說中的那個大陸？」
「YES。而且佩利冬的影子天生就受到詛咒，據說會映出跟自身外表不符的影子。」
「而解咒的方法就是『殺死人類』——哼，雖然不知道是哪個神施加的詛咒，不過真是惡質。除了生存本能以外，還擁有其他『殺人』理由的那些傢伙，應該算是典型的『怪物』吧。要是平常還可以看在牠們可憐的分上放牠們一馬，不過現在要舉辦收穫祭。要是再三警告仍然不肯乖乖就範……今晚可能要請耀妳來嚐嚐佩利冬串燒了。」

格利咧開大嘴豪爽笑了。

牠拍動翅膀刮起旋風，接著高高舉起巨大鉤爪，並以獅子的腳在大地上用力一蹬。

「哇……哇哇！」

轉眼之間，被形容為「踩著空氣前進」的獅鷲獸四肢就遠離了外門。耀慌忙抓住獅鷲獸的毛皮和牠並列飛行，然而要跟上牠的速度絕非簡單就能辦到之事。

即使如此，看到耀依然能勉強跟上，格利不禁開口稱讚：

「真有一套。雖然我使出的速度大概只有全力的一半，但沒想到不過兩個月的時間妳就能跟上我。」

「嗯……嗯。因為黑兔給了我一個能輔助飛行的恩賜。」

「ＹＥＳ！耀小姐的靴子上刻了『風天之梵語』以作為補助！」

黑兔從獅鷲獸背後開口加入對話。

然而只剩下黑兔還有餘裕說話。

才剛起飛，全身遭受強烈風壓的仁就立刻被颳走。差一點就摔下去的他現在正靠著綁在身上的救命繩懸掛在半空中。

飛鳥為了不重蹈仁的覆轍而咬緊牙關，手裡緊抓著韁繩。她的自尊並不允許自己表現出和仁一樣的醜態。

至於被黑兔抱著的三毛貓乍看之下很安全，實際上卻因為風壓而痛苦掙扎。

「小……小姐～～～～～～～～～～！拜託您跟大爺說把速……速度再放……放慢一點啊啊啊啊啊啊！」

雖然聽起來只像是在喵喵大叫，但還當真以為生命受到相當危害。耀慌忙請格利減速。

「格……格利，後面情況很不妙，快慢下來。」

「唔？噢噢，真抱歉。」

格利一口氣減緩速度，在城鎮上空優雅地迴旋。

頭髮凌亂氣喘吁吁的飛鳥總算也稍微能放鬆下來。

她輕輕地把頭伸出獅鷲獸的背後，觀察下方的城鎮。

「哇……原來伸長的樹根把被挖空的山壁包住了呢。」

以碗公形狀開鑿出寬闊範圍的地下都市配合著樹根的擴展狀態來進行開拓。位於河邊的地下都市之所以能安全存在，應該是因為水樹的樹根會保護都市不受洪水氾濫和狂風暴雨侵襲吧。

雖然四處有著人工的支柱，然而大部分都是利用樹根和類似磚瓦的物體來搭建。

「聽說『Underwood』的大樹已經有八千年樹齡了。作為『樹靈棲身之處』這點也很有名，現在據說棲息著兩千名精靈。」

「嗯。不過十年前大樹曾經被捲入和魔王的戰爭，因此大部分的根部都遭到破壞。現在是靠著許多共同體互助合作，好不容易才恢復景觀。」

聽到「魔王」這個名詞，一行人面面相覷。

格林沒有發現這件事，繼續一邊迴旋一邊緩緩地往城鎮降落。

「這次的收穫祭，也兼具要紀念復興的意義，因此絕不容許任何失敗。我們希望連東區和北區也能廣為得知『Underwood』已經復活的消息。」

格利懷著強烈的意志如此訴說。牠穿過呈現網狀花紋的根部，來到位於地下的宿舍，把耀等人放了下來。接著牠展開翅膀，望向遠方天空。

「接下來我要拉著雙輪戰車，和騎師一起去趕走那些佩利冬。因為要是放著不管，說不定會有參加者受到襲擊。至於妳們，就好好參觀一下『Underwood』吧。」

「嗯，知道了，你也小心點喔。」

對話一結束，格利就張開翅膀，刮著旋風離開了。

目送牠背影離開之後，耀以有些困擾的態度對著黑兔發問：

「……原來也有殺人種啊。如果我從那個幻獸身上得到恩賜，會怎麼樣呢？」

「人家也不知道。不過關於佩利冬，還是不要隨便去找牠們建立交情會較為妥當。畢竟很有可能被襲擊，也有可能會受到詛咒，不要勉強靠近才是安全之策。」

「……是嗎，我懂了。」

聽到黑兔強烈叮囑，耀有點失望地垂下肩膀。

然而她還來不及感到消沉，立刻就從宿舍上方傳來另一個熟悉的聲音。

「啊～！我還以為是誰，原來是耀呀！怎麼？妳們幾個傢伙也來參加收穫祭……」

「愛夏，我可沒有教過妳講話可以這麼沒禮貌。」

眾人受到熱鬧的對話聲吸引，紛紛抬頭往上看。只見「Will o' wisp」的少女愛夏和有著南瓜頭的傑克正從窗口探出身子，對著這邊揮手。

「愛夏……妳也來了。」

「是呀～我們這邊也要考慮很多事嘛！嘿咻！」

愛夏從窗口往下跳，來到耀等人面前。

她搖晃著自傲的藍髮雙馬尾，把雙手放到哥德蘿莉塔服裝背後交握，撇嘴一笑。

「話說回來，妳已經決定要參加什麼恩賜遊戲了嗎？」

「不，我們才剛到。」

「那妳一定要參加『Hippocamp 的騎師』，因為我也會參加。」

「……Hippo……什麼？」

那是什麼？耀回頭看向黑兔。

黑兔正打算開口，又拍了拍仁的背，把說明的任務讓給他。

嗯哼！仁頓了一下，才開始簡單說明。

「Hippocamp 就是馬頭魚尾怪，也是別名『海駒（Sea Horse）』的幻獸，是一種以背鰭取代鬃毛，馬蹄上長著蹼的馬，說牠是半馬半魚也不算錯誤。我猜想……這個叫做『Hippocamp 的騎師』的遊

戲，應該就是要騎乘著能夠在水上或水中奔馳的牠們，來進行賽跑。」
「…………是嗎，居然還有可以在水裡奔馳的馬。」
耀把兩手放到胸前交握，用力咬牙。
來到這裡還沒超過十五分鐘，就已經得知兩種幻獸的情報。
耀大概開始實際感受到……南區真的是幻獸的寶庫。
「在前夜祭中舉辦的恩賜遊戲中，這是規模最大的一場，妳絕對要參加！這次我一定會用我做的新兵器獲得勝利！」
「我明白了，會考慮。」
愛夏啪地打響手指，笑得很是得意。
另一方面，傑克則輕飄飄地晃著那身麻布衣來到仁的面前，很有禮貌地向他致意。
「呀呵呵，好久不見了，仁·拉塞爾先生。之前的魔王戰中承蒙關照了。」
「不……我們才該說久違了。」
「關於那個燭台，一等這場收穫祭結束，就會送到貴共同體那邊去。其他諸項生活用品也比照辦理……不過真沒想到能承蒙您訂購整套由『Will o' wisp』製作的物品！哎呀哎呀，還請以後您能繼續多多光顧呢！」
呀呵呵呵呵！傑克發出開朗的笑聲。
飛鳥輕輕往前一步，拉起裙襬行了一禮。

「好久不見了，傑克。看到你今天也這麼歡樂有活力真是太好了。」

「呀呵呵！這當然是因為歡樂和活力等於是我的賣點嘛！飛鳥小姐看來也很健康有精神，實在是太好了。上次的遊戲中一時大意就被迪恩搶得了上風，哪天請讓我雪恥——」

「咦？」

在旁邊聽到這對話的仁發出了疑惑的聲音。

飛鳥慌忙改變話題。

「對……對了！傑克！你不參加遊戲嗎？」

「呀呵呵，擔任主辦者才是我的主要活動，我天生對於『遊戲參加者』這種身分感到棘手。這次的收穫祭也是因為收到邀請函所以才來，不過目的是日用品的批發販賣。」

「哎呀，那參加者只有愛夏一個人而已？這下不是贏定了嗎？」

「嗯。」

「喂！」

聽到兩人的挑釁，愛夏氣得雙馬尾都豎了起來。

看到這光景的傑克則晃著南瓜頭呀呵呵地笑著。

所謂看到什麼都覺得好笑的人，一定就是在說他這種人吧。

之後，「No Name」一行人和「Will o' wisp」的兩人一起進入了提供貴賓住宿的宿舍。雖然這是一棟由土牆和木頭建造而成的宿舍，然而內部卻出乎意料之外地具備了紮實的構造。

即使有一半由泥土構成，空氣卻不會過於乾燥的原因，應該是由於水樹的根部隨時在散發出濕氣。隨處突出的水樹根部在會客室裡被當成了椅子，耀選了其中一個坐下，先重重呼了口氣才開口發表對「Underwood」的感想。

「……真是了不起的地方。」

「是呀，該說是很有大自然的感覺嗎？跟建築物很多的北區相比，會讓人覺得南區是去適應環境來過活。」

「YES！據說當初建設箱庭都市時，有許多豐饒神和地母神造訪南區。在自然神力量強大的區域，生態系也會產生明顯的變化。」

「是那樣嗎？不過水道的水晶是北區的技術吧？我在誕生祭時看過類似的東西。」

咦？黑兔歪了歪腦袋和兔耳。

坐在她旁邊的傑克以佩服的語氣開口回答：

「眼力真好。飛鳥小姐說得沒錯，那個水晶水道是北區的技術。聽說在十年前遭受魔王襲擊後之所以能夠復興到現在這個程度，都是把那份技術引進此地的人士所立下的功績。」

「這……這還是人家第一次聽到這個情報，到底是哪裡來的哪一位……」

包括黑兔在內，所有人都面面相覷。

傑克把手搭在南瓜頭上差不多等於是下巴的位置繼續說明。

「其實，關於寄宿在『Underwood』上的大精靈……由於十年前出現的魔王所留下的傷害，

似乎還處於休眠狀態。在這情況下，『龍角鷲獅子』聯盟以和『Underwood』共存為條件，出手協助保護此地和進行復興活動。」

「那麼，在『龍角鷲獅子』裡有負責主導復興活動的人物囉……？」

「對，那人物原本出身於北區。我聽說多虧有那位在，才能在十年這麼短的年月中，讓再次開始活動的目標有了頭緒。」

「……是這樣嗎……真是一位了不起的人物呢。」

黑兔把手放到胸前，仔細回想傑克的發言。

——遭受箱庭最大的災厄「魔王」襲擊的土地，以及瀟灑登場並幫忙復興的救世主。

她覺得兩者之間的這種關係，和「No Name」與問題兒童們之間非常相似。

「呀呵呵，那麼我們正打算去和『主辦者』致意……怎麼樣呢？在這邊碰到也算是有緣分，『No Name』的各位要不要也和我們同行呢？」

「YES！仁少爺我們就一起去吧！」

「也是呢。那麼我們先去放行李，請兩位稍等一下。」

呀呵呵～傑克快活地笑著答應，和愛夏一起前往宿舍外面等待。

把行李放在宿舍裡的「No Name」一行人就在傑克和愛夏的帶領之下，從地下都市往上爬，並前往位於大樹中心的收穫祭總陣營。

＊

──「Underwood 地下都市」，外牆的回旋梯。

由於「Underwood」地下都市以螺旋狀往下挖鑿，因此一行人必須一圈圈繞著都市才能往高處前進。雖然深度頂多只有二十公尺左右，然而一旦要沿著牆壁慢慢往上走，其實還頗有一段距離。

不過「No Name」一行人完全沒有表現出感到厭煩的表情，反而因為第一次造訪這個都市而興奮得眼中閃耀光輝。再加上正在舉辦收穫祭，臨時攤位上傳出了誘人的食物香味。

耀被一個懸掛著「六傷」（※在第一集原譯「六道傷痕」的共同體，從本集開始變更譯名為「六傷」）旗幟的攤位吸引住了視線。

「…………啊，黑兔，那個攤位販賣的『現烤白牛起司』……」

「不可以～要等到和『主辦者』致意之後才可以來吃遍各個攤位……」

「很好吃耶。」

「您是什麼時候偷跑去買了！」

耀完全不在意黑兔的吐嘈，用手拉長含在小嘴裡的熱騰騰起司。

冒著蒸騰熱氣的起司有著現烤食物特有的香味和口感，即使直接單吃也不會感到膩口。

兩口、三口……耀繼續吃著，旁邊的飛鳥和愛夏則以羨慕的眼神望著她。

注意到這件事的耀把包裝紙遞向她們，微微側著頭說道：

「————……要聞嗎？」

「聞？」

「聞？妳問我們要不要聞？正常來說，這種情況應該會問『要不要吃』，結果這傢伙卻問我們『要不要聞』！」

「嗯，因為已經吃完了。」

「而且還是空的！」

「要我們聞餘香嗎！妳到底想要玩什麼超現實的遊戲？」

耀舔了舔手指。

另外兩人只能遺憾地望著逐漸遠離的攤位，繼續往前走。

走在最面的傑克聽到女性們吵吵鬧鬧的對話後，抱著南瓜頭大笑。

「呀呵呵呵呵！哎呀真的！春日部小姐真有趣！能擁有這麼熱鬧的同志，實在讓人羨慕啊，仁．拉塞爾先生。」

「是的。不過比起熱鬧，我想『Will o' wisp』應該更勝一籌。」

「呀呵呵呵呵！哎呀真是不好意思！」

比其他任何集團都還吵鬧的一行人爬上網狀的樹根，來到地表。

然而接下來的距離才是真正的挑戰。耀抬頭仰望大樹，楞楞地張著嘴發問：

「……黑兔，這棵樹有幾百公尺？」

「聽說『Underwood』的水樹全長五百公尺。雖然沒有境界壁那麼巨大，但在神木之中應該也算是大型。」

「是嗎……那我們要去的地方在哪？」

「差不多在中間位置吧。」

「……是嗎。」

換句話說高度是兩百五十公尺，而且還必須使用梯子或其他可供攀爬的踏腳處。耀毫不掩飾地把認為這樣很費事的心態全表現在臉上。

「……我可以用飛的上去嗎？」

「春日部同學，再怎麼說那樣做也太我行我素了。」

「呀呵呵！我能了解妳的心情，但是不可以破壞團體行動的秩序哦。而且要前往總部可以使用升降機，不會花太多時間。」

升降機？一行人都感到很疑惑。

然而傑克卻沒有說明，而是繼續往前走。

來到粗壯樹幹的底部後，傑克走進一個木造的箱子，並對著所有人招手。

「各位請進入這個箱子。等到所有人都進來以後請關上門，並拉響旁邊的鈴鐺兩次。」

「我知道了。」

耀拉動那條裝設在木製箱子裡的繩子，讓鈴鐺響了兩次。

位於上空的水樹樹瘤開始湧出水流。

只見大量的水注入了另一個空箱，而且那個空箱還和耀等人搭乘著的木箱彼此相連。等到連結搭乘用木箱的滑車開始喀啦喀啦轉動後，木箱也跟著逐漸往上升。

「哇……！」

「開始上升了！」

「呀呵呵！這是灌水到反向的另一個空箱，並藉此拉起這箱子的設備。雖然是個原始的方式，不過遠比用腳走上去還要快得多了。」

正如傑克所說，水式升降機只花了短短幾分鐘就到達本部。

一行人把被拉上來的箱子扣上固定用的金屬零件，走向木造通路。

架設在樹幹上的通路是使用一塊塊木板相連製作而成，猛一看似乎很危險，不過一踩上去之後，這種擔心就立刻消失了。實際構造應該比外表給人的感覺更為堅固吧。

為了避免有人從通路上摔落，兩側還設置了欄杆。只要不主動把身子探出去，就不會有掉下去的危險。

一行人沿著樹幹上的通路前進了一會，就看到收穫祭主辦者「龍角鷲獅子」的旗幟。

「旗幟有一、二、三……七面？是由七個共同體來主辦嗎？」

「很遺憾答案是ＮＯ。聽說『龍角鷲獅子』是由六個共同體組成的聯盟，中央的那面大旗就是聯盟旗。」

黑兔指出的旗幟共有七面。

「一角」。（※註：第一集原譯為「獨角」，從本集開始變更譯名為「一角」。）

「二翼」。

「三尾」。

「四足」。

「五爪」。

「六傷」。

而中心則懸掛著聯盟旗「龍角鷲獅子」。

「這就是聯盟旗嗎……不過，為什麼要組成聯盟呢？」

「這個呢，當三個以上的複數共同體組成聯盟時，就可以製作聯盟旗當作見證。雖然有各式各樣的用途……不過最重要的原因，果然還是為了對抗魔王。」

「對抗魔王？」

「ＹＥＳ！例如當加入聯盟的共同體被魔王襲擊時，其他的共同體就能夠為了相助而介入恩賜遊戲。」

「……是嗎，其他人會來幫忙啊。」

「不過呢，如果要問說是不是絕對能夠介入，其實也不是這樣。而且是否介入還要看聯盟共同體怎麼判斷。萬一情勢實在過於不利，也會經常發生不來幫忙的情況。算是一點心理安慰吧。」

是嗎？飛鳥回應後抬頭望著旗幟。其他成員則趁著兩人交談時，前往本部入口兩側的接待處提出入場申請。

「我們是『Will o' wisp』的傑克與愛夏。」

「我是『No Name』的仁·拉塞爾。」

「是的，『Will o' wisp』和『No Name』的…………啊！」

負責接待的樹靈少女突然把頭抬了起來。

「請問您是『No Name』的久遠飛鳥大人嗎？」

「嗯，我就是。妳是……？」

「我是曾參加火龍誕生祭的『Underwood』樹靈之一，聽說承蒙飛鳥大人出手救了我的弟弟……」

似乎也回想起來的飛鳥「噢」了一聲。

對方應該是在說和「黑死斑魔王」戰鬥時，自己曾經幫助過的那個樹靈少年吧。

負責接待的少女一確定找對人，立刻低頭向飛鳥道謝。

「果然是您沒錯嗎？真的非常感謝您上次救了我弟的性命。多虧您的幫忙，我們共同體一行人才能一個不缺地全部平安歸來。」
「是嗎？那真是太好了。那麼寄邀請函過來的就是你們嗎？」
「是的。大精靈現在正在沉睡，所以由我們代為寄出。另外還註明了共同體『一角』的新首領兼『龍角鷲獅子』聯盟議長的莎拉．特爾多雷克大人也有送出招待狀。」
「No Name」一行人都面面相覷，露出訝異的表情。
「莎拉……特爾多雷克？」
飛鳥一臉不可思議地歪著頭。
她對這個姓有印象，因此回過頭對著仁發問：
「該不會是『Salamandra』的……？」
「嗯……沒錯，就是珊朵拉的姊姊，長女的莎拉大人。不過沒想到她跑到南區來了……該不會洩漏北區技術的人也是——」
「洩漏這種講法恐怕是莫須有的指控呢，仁．拉塞爾先生。」
這時後方突然響起一個陌生的女性聲音，眾人一驚之下猛然回頭。
下一瞬間，一股熱風吹動了大樹的枝幹。而這陣激烈熱氣與狂風的來源，原來是一名在空中現身的女性所放出的火焰之翼。
「莎……莎拉大人！」

第五章

「好久不見了，仁。我一直等著哪天能和你再相見。後面的『箱庭貴族』小姐應該是第一次見面吧？」

莎拉・特爾多雷克讓猛烈燃燒的火焰之翼消失，降落到樹幹上。

她那頭和妹妹珊朵拉相同的紅色長髮正隨風飄盪，健康的古銅色肌膚則大膽外露。一身服裝簡便得簡直會讓人誤以為她是個舞孃。

表現出堅強意志的雙眼上方頭頂處，有一對成長得比珊朵拉更長更漂亮的龍角充滿霸氣地並列著。如果要衡量她身為亞龍的力量，光看這對龍角應該就足以了解。

莎拉一一確認一行人的長相之後，笑著對負責接待的樹靈少女說道：

「擔任接待工作真是辛苦妳了，桐乃。我會待在裡面，所以妳去玩吧。」

「咦？可……可是如果我離開這裡，那來致意的參加者就……」

「我說過我會待在裡面了吧？而且會從前夜祭開始參加的共同體差不多都來齊了。就算妳離開接待處也不會有任何人責怪妳。妳也去和其他孩子一樣，稍微去享受一下收穫祭的樂趣吧。」

「是……是的……！」

被喚為桐乃的樹靈少女露出開朗表情，對著飛鳥等人行禮之後就前往收穫祭的會場。

留下來的莎拉看向眾人，嘴角露出一絲微笑，鄭重地低下頭。

「歡迎光臨，『No Name』以及『Will o' wisp』的各位。能成功邀請下層有名的兩個共同體賞光前來，我也算是很有面子。」
「………有名？」
「嗯。不過一直站著聊天也不是辦法。大家都進來吧，我來泡杯茶招待各位。」
莎拉揮手招呼眾人，並進入總部。
兩共同體的成員都詫異地望著對方，但還是接受邀請，走入大樹內部。

＊

——「Underwood」收穫祭總陣營，貴賓室。
耀等人獲邀進入的貴賓室坐落於等同大樹中心位置的部分。從窗戶往外看正好處於大河的中心，也能看見被網狀花紋的樹根覆蓋住的「Underwood」地下都市。
莎拉在裝飾著「一角」旗幟的位子上坐下，示意耀等人也各自就坐。
「那麼我就重新自我介紹吧。我是擔任『一角』首領的莎拉・特爾多雷克。正如各位所知，我原本是『Salamandra』的一員。」
「那麼，地下都市裡的水晶水道是……」
「當然是我製作的東西。但是別誤會，那個水晶和使用於『Underwood』的技術都是我獨自開發之物，別講得好像是我偷出來的東西。」

仁摸著胸口鬆了口氣，這就是讓他最為在意的事情吧。

「那麼，原本我想要求兩共同體的代表者也來自我介紹……不過傑克，她果然還是沒有來嗎？」

「是的，維拉除非有什麼特殊狀況否則不會離開領地，這次就由身為參謀的我代為向您致意。」

「是嗎？我確實非常想邀請被推崇為北區下層最強的參賽者務必賞光前來呢。」

「……北區最強？」

發問的人是耀和飛鳥。

坐在旁邊的愛夏一臉得意地搖著雙馬尾說道：

「當然就是指我們『Will o' wisp』的領導者囉。」

莎拉看了幾個女孩一眼，點點頭繼續說下去：

「沒錯。『蒼炎惡魔』維拉・札・伊格尼法特斯，是能夠往來生死的境界，也能夠干涉外界門扉的大惡魔，不過她的實際情況卻鮮為人知。聽說是三年前我轉移到南區之後突然開始嶄露頭角……甚至有傳聞指出她似乎還封印了『馬克士威魔王』。如果此事為真，別說六位數，甚至說是五位數最高等級也不算過譽。」

「呀呵呵……這個嘛，實際如何呢？不過真要說起來，比起個人能力，五位數階層更重視組織整體的力量。即便擁有一名強大的同志，也無法長久維持。」

傑克笑著把話題呼嚨過去。就算想從表情推測他的想法，面對那顆南瓜頭也是什麼都看不出來。

判斷無法繼續追究的莎拉把視線移到了仁身上。

「正如傑克所說，單憑強大的個人並無法維持五位數的共同體。因為只要出現能打敗那名個人的敵手，組織就會輕易瓦解……其中一個例子就是東區的『Perseus』吧，仁？」

「咦？」

「嘻嘻，何必掩飾呢。最下層的『No Name』打倒五位數的『Perseus』已經是有名的消息。而且連打倒那個『黑死斑魔王』的人也是你們吧？」

「這……這個……！」

「不必隱瞞。因為現在的『Salamandra』並不具備足以打倒魔王的力量，我原本就在猜測是有強大的幫手從旁相助。雖然我已經離開故鄉，但還是讓我在此表達謝意吧……謝謝你們幫助『Salamandra』。」

「不……不客氣……」

莎拉低下頭，紅髮也跟著垂下。雖然她的語調用詞總表現出高壓的態度，然而不可思議的是並不會讓人感到不快。大概是因為反而會覺得這樣才符合她擁有的氣質吧。

莎拉掃過眾人的臉孔，然後帶著爽朗笑容詢問大家對收穫祭的感想。

「那麼，各位覺得收穫祭如何呢？玩得還愉快嗎？」

「是的。由於我們才剛到所以逛過的地方還不多，不過雖然現在還只是前夜祭期間，卻充滿活力也很熱鬧，感覺很好。」

「那真是太好了。雖然第三天之後才會開始舉辦恩賜遊戲，但在那之前有臨時市集和市場，希望各位能多多享受南區這種開放的氣氛。」

「嗯，我們正打算那樣。」

飛鳥以笑容回應。

坐在她身邊的耀睜著閃閃發亮的雙眼，凝視著莎拉頭上的龍角。

「怎麼了？妳對我頭上的龍角有興趣嗎？」

「……嗯，真是非常漂亮的角。跟珊朵拉不一樣，那不是另外裝上去的角吧？」

「嗯，這是我自己的角。」

「可是莎拉妳參加的共同體不是叫做『一角』嗎？有兩根角沒關係嗎？」

耀歪著頭這樣發問，莎拉則面露苦笑回答：

「我等『龍角鷲獅子』聯盟的成員的確是根據身體上的特徵來成立了各個共同體，不過前面的數字倒是可以不必在意。要不然，例如像四片翅膀的種族，不就沒有共同體可以加入了嗎？」

「……啊，對喔。」

「此外，也可以根據各共同體負責的職務來區分。『一角』、『五爪』負責戰鬥；『二翼』、

『四足』、『三尾』負責搬運；『六傷』則是總括農業和商業。這些共同體全部就合稱為『龍角鷲獅子』聯盟。」

「是嗎。」

耀短短回應，抬頭看著聯盟旗。

鷲的上半身和獅子的下半身，擁有巨大羽翼和強韌四肢的獅鷲獸。

如果要舉出和一般獅鷲獸的不同之處，就是額頭上長著龍角這點吧。而且兩根龍角的其中一根還悽慘地折斷了。

耀看著旗幟，突然疑惑地歪了歪頭。

「……咦？那『六傷』又是指什麼呢？」

「據說是成為『龍角鷲獅子』原型的獅鷲獸身上的六道傷痕。以共同體的分組來說……嗯，應該所有種族都可以接受吧？畢竟商業才能或農業知識等並不是過著普通生活就能學會的東西。」

「原來如此。」

「在收穫祭中，你們應該也會經常看到這個『六傷』旗幟吧。聽說這次他們進了許多南區特有的動植物，有空時可以去看看。」

耀微微點頭——這時湊巧和黑兔視線相對。

啪！她雙手一拍，以突然想到的態度對著莎拉提問：

「講到南區特有的動植物，有沒有…………食兔草之類？」

「又要提到這個話題嗎！那種亂來又恐怖的植物怎麼可能會……」

「有喔。」

「真的有嗎？」

怎麼會有這種蠢事！黑兔倒豎著兔耳大叫。

耀兩眼放光，繼續追問：

「那…………有沒有食黑兔草？」

「所以說為什麼要直接針對人家呢！」

「有喔。」

「為什麼會有！是哪裡的哪個傻瓜想要這種專門對付兔子的最恐怖植物！」

「妳問我是哪裡的哪個傻瓜啊……這裡有訂購單……」

啪！黑兔從莎拉的桌上一把搶走訂購單。

單子上以胡鬧般的文字這樣寫著：

「對黑兔用植物：食★黑兔草。可以使用八十條觸手將對象改造為淫蕩的……

揉爛！

「————……哼哼……不必確認名字，也知道這種亂來的傻瓜犯人在全世界也只有那一個人。」

黑兔無力地垂下頭，抽抽噎噎地流下悲哀的淚水。

人家甚至會不惜提起訴訟～！她對著大河發洩來自靈魂的吼叫，而眾人的悲哀視線則集中在她的背上。

沒過多久，沉浸在悲哀中的黑兔就站了起來，一頭黑髮也產生變化，閃爍著緋色光輝。

「……莎拉大人，非常感謝您邀請我們來參加收穫祭。不過由於臨時出現一個必須儘快趕去的地方，所以我們就在這邊失禮先走一步了。」

「是……是嗎，食兔草應該在最下層的展示會場裡。」

「謝謝您。那麼，之後再見了！」

「等……等一下，黑兔！」

唰！黑兔一把撈起「No Name」眾成員的領子，頭也不回地離開了。

目送黑兔就這樣帶上三人以流暢動作蹦跳離開之後，莎拉有點傻眼地喃喃說道：

「哎呀呀，看來她比傳言中更加辛苦呢。」

「呀呵呵！的確是！那麼我等也既然已經打過招呼，那麼也在此告辭了。」

「啊，不，等等，我還有話要跟你們說。如果方便，也想麻煩你們代為轉告『No Name』的成員。」

哦？傑克和愛夏看了彼此一眼。

莎拉換上較為正經的表情，對兩人表達目的。

「請轉告他們，說我希望他們今夜晚餐時再過來一趟。關於十年前襲擊『Underwood』的魔王——巨人族，我有事情想要商量。」

＊

——「Underwood 地下都市」最下層，展示保管庫。

轟隆隆隆隆隆！震耳的雷聲響起。

猛烈的閃電貫穿了全長恐怕有五公尺的食兔植物。

樹枝觸手、花瓣觸手、樹液觸手……長著各式各樣觸手的混沌植物被頭髮染成緋色，滿心憤怒的黑兔放出來的閃電貫穿，燃燒後倒下。

耀撿起悽慘四散的食兔草碎片並重重嘆了口氣。

「……好可惜。」

「請不要說那種蠢話！像這種違反自然法則的怪異植物，拿去燒掉當作肥料才是最好的選擇！」

黑兔「哼！」了一聲把臉別開。

在那之後，「No Name」眾人前往參觀收穫祭，直到日落。

他們在「Underwood 地下都市」裡的臨時市集和市場裡四處瀏覽，挑選可以種植在農園裡的秧苗和種子。還試穿了用花朵來染色的民族服飾，以及讓他們大吃一驚的本地特有的毛皮製商品等等，過得非常快活愜意。

雖然已經有看上的秧苗和畜牧動物，不過眾人判斷等取得恩賜遊戲的獎品後再來購買也還來得及，因此決定暫時保留。

除了「Hippocamp 的騎師」，還完成了其他幾個恩賜遊戲的參加登錄，結束之後……

黑兔看著染上一片紅霞的天空，喃喃說道：

「差不多該回宿舍去了呢。」

「嗯。」

一行人沿著螺旋狀牆壁往上走，回到分配給他們的宿舍。

聚集到會客室裡的耀等人坐在椅子上回顧今天。

「前夜祭的恩賜遊戲比想像中少呢。」

「ＹＥＳ！在正式祭典開始前會以臨時市集和市場為主，例如明天應該會有表演民族舞蹈的共同體。嘻嘻嘻，好期待哦～♪」

黑兔左右晃著兔耳，開心得彷彿隨時會站起來蹦蹦跳跳。

雖說她總是很開朗又興致高昂，不過這次看起來更加開心。
回想起來，黑兔似乎從一開始就很期待前來「Underwood」。
「……那個，黑兔。妳該不會是從以前就很想來『Underwood』吧？」
「咦？呃……是呀，人家一直很有興趣。因為以前很照顧人家的同志出身於南區。」
「同志……？意思是……」
「是的，就是被魔王帶走的同伴之一……也是邀請年幼的人家加入共同體的人。」
聽到黑兔這句話，讓飛鳥和耀都驚訝地看著對方。
「……呃……那……」
「意思是黑兔妳並不是一開始就在『No Name』出生？」
這是讓人意外的情報。看黑兔那種犧牲奉獻的態度，當然會以為「No Name」是她的故鄉。
黑兔把雙手放到胸前交握，像是抱著重要寶物那般喃喃開口：
「是的，聽說人家的故鄉位於東區的上層，似乎是『月兔』的國家。由於被擁有壓倒性力量的魔王給毀滅，一族也各自流亡離散。後來就是現在的『No Name』收留了沒人可倚靠只能四處流浪的人家。」
黑兔用力握緊雙手，像是很幸福地靦腆笑了。
然而飛鳥和耀卻相對地講不出話來。
如果剛才那些話是事實，那麼就代表黑兔曾經兩次被魔王奪走故鄉。她那種犧牲奉獻的態度，除了因為她身為「月兔」，或許也跟這番經歷有關。

「為了回報共同體把人家視為同伴接納的恩情……人家絕對要守護『No Name』的棲身之處。等到以後，要和大家介紹我們得到了耀小姐、飛鳥小姐、十六夜先生等幾位很棒的同伴！」

黑兔舉起雙手用力做了個手勢以鼓起幹勁。

耀和飛鳥望著對方輕輕微笑。

「……是嗎，那我也非常期待那一天的到來。」

「我也是……話說回來，那個……黑兔的恩人是怎麼樣的人？」

聽到飛鳥這麼問，黑兔的眼神一時有些飄渺，嘴角也浮現出笑容。

她的眼前正在回顧著過往的日子吧。

接著黑兔凝視著從宿舍窗口照進室內的紅色陽光，輕輕講出恩人的名字。

「——她的名字是，金絲雀大人。以前曾經擔任共同體的參謀。」

第六章

——二〇一X年・五月五日。CANARIA 寄養之家門前。

在收到聯絡說金絲雀有留下遺書的幾天後。

逆迴十六夜來到了兒童福利機構「CANARIA 寄養之家」。

他站在被油漆成白色的殺風景建築物前，雙手扠腰往上看。

「CANARIA 寄養之家……我好久沒回來了呢。」

十六夜抖著喉嚨笑了笑，望著大門前方。這五層樓的純白外觀大概會讓初次看到這裡的人誤以為是什麼研究機構吧。

不過只要仔細觀察一下，就可以看到牆上畫滿了小孩子的塗鴉。即使有在定期油漆修繕，但白色牆壁似乎無論如何都會被拿來塗鴉。

即使如此，金絲雀依然堅持要把牆壁油漆成白色。原因就是——

「因為這樣，才能隨便孩子們高興怎麼玩就怎麼玩呀。」

……換句話說，是以方便塗鴉為前提所以才故意漆成白色。

要是被缺乏資金的兒童福利機構知道這件事，肯定會相當憤慨吧。

十六夜過去也曾經動手塗鴉過一次，不過他似乎一下子就膩了。

「也好久沒見了，去看看小鬼頭們也好……喔？」

十六夜伸手搭上門，然而這瞬間，大門卻搶在他動手之前自己打開了。

同時還有兩名少年少女出來迎接十六夜。

「呀呵～十六哥！我和焰一起等很久了！」

「我並沒有在等……十六哥，歡迎回來。」

「嗯。辛苦你們來迎接我，鈴華、焰。」

十六夜張開雙手，故作鄭重地慰勞他們。這兩人和十六夜相同，都是被 CANARIA 寄養之家收養的小孩。

擁有健康古銅色皮膚和鳳梨般髮型的少女是彩里鈴華。

一頭亂髮還戴著眼鏡的少年則叫做西鄉焰。

當鈴華正在努力爬上十六夜背後時，焰歪著頭對十六夜發問：

「我製作的耳機情況如何？」

「還不錯。」

「是嗎？那就好。」

「十六哥，還有更重要的事。那個奇怪的律師一直待在這裡實在很可怕～你快點三兩下把他趕走啦。」

鈴華用力揮著雙手，同時跨坐到十六夜的肩膀上。

「喂喂，那是來拜訪我的客人吧？待個兩、三天沒走不是以前也有過的情形嗎？」

「是沒錯啦……可是這次的大叔該怎麼說……真的非常恐怖，而且是會讓人覺得是『變態』的那種恐怖。」

「變態？」

「對。雖然那個人長得還算帥，也很適合穿黑色衣服，不過他卻對我說什麼……『小姐，要不要和我去喝個茶呢？以結婚為前提。』真是嚇死人了。還有他對其他人好像也是這樣講耶。」

「…………哦？這還真是抱歉。」

十六夜抓起跨坐在自己肩上的鈴華的腳踝，用力往上舉。

失去平衡的鈴華「呀～」地慘叫，轉了三圈後從十六夜的肩膀上摔了下來。十六夜丟下她不管，直接進入 CANARIA 寄養之家。

負責櫃台的中年女性一看到十六夜的臉就立刻露出厭惡的表情。

「……好久不見了，十六夜同學。」

「別表現出那麼厭惡的表情，拿了遺書之後我立刻就會走。」

「你能那樣做是最好。還有學校的退學手續已經幫你辦好了。」

「是嗎，麻煩妳了。我的客人呢？」

「那位先生說要在機構裡面散散步，等他回來我會告訴你，你就先坐在接待處這邊等吧。」

是嗎？十六夜對櫃台的女性揮揮手，一屁股坐下。

才剛坐定，一雙小手就從背後摟住了十六夜的脖子。

「那個那個十六哥～那個變態律師呢～？」

「聽說他正在機構裡面散步，大概又去找小鬼們搭訕了吧？」

「嗚嗯！真的嗎！大家有危險！」

鈴華甩著頭髮，一溜煙地跑掉。

目送她的背影離開後，十六夜就把整個身體都癱在椅背上。

然而立刻換成一頭亂髮的焰跳上他旁邊的椅子。

「這是新作。」

「啊？」

「新作的耳機二號，『Crescent moon No.2』。給你。」

這耳機雖然是才剛滿十歲的焰所製作，但造型卻相當精緻，耳罩部分還貼著他的註冊商標——火炎標誌。

雖然焰的話不多，但在日用品的獨立開發上，卻投注了不像是個小孩的熱情。

十六夜拿起耳機轉了幾圈，對著焰露出苦笑。

「就算你說要送我……既然要送，應該也可以送耳機以外的東西吧？為什麼要送重複的東西啊？」
「因為十六哥你又不使用鬧鐘那類的東西。」
「我是不用。不過你做的天球儀很不錯喔，那東西我到現在還擺在自己房裡。」
「……那是有金絲雀老師幫忙所以才做得出來，我一個人沒辦法。」
焰輕輕低下頭。
十六夜「嘖」了一聲，把頭轉開。
「金絲雀老師……真的過世了呢。我還以為無論發生什麼事情她都不會死。」
「病死也沒辦法。而且還是原因不明的病魔，就算是金絲雀那臭歐巴桑也束手無策吧。」
「……嗯。」
焰憂鬱地把頭垂得更低。
十六夜露出感到極度麻煩的表情，抬頭看了一下天花板，接著拿起新耳機戴到頭上。
「嗯……？喂，焰。這東西的頭帶部分會不會太長了？整個晃來晃去耶。」
「沒問題。先用耳墊部分貼住耳朵，然後按下調整器旁邊的按鈕，這樣一來就會配合頭部的形狀來調整長度。可以說是重視貼合感的產品吧。」
「哦？你注重的部分還頗有趣嘛。」
十六夜哇哈哈笑著，並按下調整器旁的按鈕。

喀鏘！頭帶折疊之後，耳墊就緊緊夾住十六夜的耳朵。

「原來如此……不過這有點太緊了。這樣說不定會讓聲音聽起來悶悶的，反而聽不清楚。」

「唔……那我拿去改良，借我一下。」

十六夜隨手一遞，要把耳機交給焰——但他的手卻僵住了。

因為被他從頭上拿下來的耳機，外型已經和先前不同了。

「……喂，焰。這耳機的外型是怎麼回事？」

「這是用頭帶調整尺寸的結果。讓頭帶折疊來進行調整之後，不管怎麼弄，都會豎起來變成這模樣。」

「不是這問題。你自己看，這玩意怎麼看都是貓耳啊。」

「嗯。『Crescent moon No.2』會因為調整尺寸而形成貓耳，這樣絕對會受女性歡迎。」

「哦？意思是你覺得我看起來像女人？」

「十六哥是活廣告。要隨時戴著耳機，幫我的『Crescent moon』系列宣傳。」

「喂喂，選我當模特兒很貴的喔？」

「等我哪天出了名之後再付。」

焰短短回應之後，就從接待處的椅子上起身。大概想去改良貓耳耳機吧。

他本來已經轉身背對十六夜走離現場，不過又突然停下腳步回過頭。

「……我正要回房間去，包包那些要我先拿走嗎？」

「嗯？噢，也好。晚一點我再去找你連耳機一起拿。」
「我知道了，我等你過來。」
焰收下包包，這次真的離開了。
只剩下一個人的十六夜再度把身子躺到椅背上。
（……一年沒回來了，結果什麼都沒變呢。）
十六夜望著天花板上附著的污漬，臉上露出苦笑。

——這個 CANARIA 寄養之家，表面上的活動是在收養沒有父母的兒童，並為他們募集養父母。然而實際情況卻有點不同。
這裡是世上那些特別到一般甚至無法應付的問題兒童們聚集的地方——光這樣解釋，說不定聽起來依然像是間普通的兒童福利設施。
然而這裡提到的「特別」，卻代表了有些不同的意義。
並不是指家庭環境特別，而是少年少女們一個一個都擁有跳脫常識的能力或才能。這是收養十六夜時，金絲雀決定的事情。
話雖如此，並沒有其他少年少女擁有像十六夜這樣驚人的力量。實際上幾乎都是些瑣碎的能力。
例如西鄉焰，只要親手拆解過某物，就能瞬間理解對象物的構造。如果給他足夠的時間，

他應該能夠從從各種零件來組合出一整台電腦吧。

這個少年在「理解力」、「重現力」、「創造力」方面擁有壓倒性的才能，所以才被送來這個 CANARIA 寄養之家。

（……不過，收養這種特殊兒童們的金絲雀已經不在了，這個 CANARIA 寄養之家也會在焰和鈴華這一代結束吧。）

十六夜發現自己產生不符合自身風格的鄉愁，讓他的苦笑更為加深。

他看看數位電子錶確認時間，發現已經過了十五分。覺得再這樣等下去也不是辦法的十六夜從椅子上起身。

這時，他感覺到背後有人。

「——你就是逆廻十六夜小弟嗎？」

「…………」

十六夜內心吃了一驚。

雖然因為沒有回頭所以無法得知正確距離，但對方和十六夜的距離恐怕不到五公尺吧。就算剛才沉浸在思緒之中，然而這還是第一次有人能在十六夜沒有察覺的情況下靠得如此接近。

（哦…………看來這傢伙還比傳言中更有趣呢。）

仔細想想，其實這也沒什麼好奇怪。

對方是金絲雀委託遺書的律師，當然不可能是個普通人。
開始對站在自己背後的男子產生興趣的十六夜興高采烈地轉過身子。
「——……」
然後再一次講不出話來。
鈴華說過，這個人是「穿著黑衣服的奇怪大叔」。原來如此，的確正如她所說。
然而那並不是問題的重點。對方的穿著，是在這個叫日本的國家裡想必不會被當成日常服飾的黑色燕尾服配黑色圓頂硬禮帽，以及圓圓的單邊眼鏡。
身穿可以形容成「冒牌英國紳士三件組」的服裝，看來年齡在二十代前半的這名男子，正面露微笑望著十六夜。
「……啊～對了，黑色圓頂硬禮帽算是很有品味。」
「嗯？噢，謝謝。不過在稱讚之前，我希望你能回答我的問題。你是逆迴十六夜小弟嗎？」
「沒錯。」
在回應對方的同時，十六夜也盯著燕尾服男子瞧。
雖然長相看起來像是二十五歲上下，但表現出的氣質卻具備年齡以上的洗練。和偏瘦的身材非常相配的工整五官也讓人產生帶有好感的印象。
不過最讓人印象深刻的，還是那藏在單邊眼鏡後方的灼灼視線。
十六夜一開始還以為對方是在估算自己的斤兩，但卻又不太對。從年幼時就一直被大人評價至今的十六夜立刻察覺到，現在自己並沒有產生那種獨特的不快感。

單邊眼鏡後方那沉穩的視線，讓十六夜產生自己似乎已經被徹底看穿的錯覺。

「……真是讓人不爽的眼神。」

「哈哈，我經常被人這樣說。金絲雀也是才一見面就這樣說了。」

「我想也是。那，遺書在哪？」

「我借用了裡面的一個房間，在那邊交給你吧。畢竟那個份量要帶在身上也未免太重了。」

燕尾服男子邁出步伐走向內部。

十六夜默默跟著他背後前進。

五月的舒服陽光因為被雲層遮擋而變得比較微弱，風也稍微帶著一點涼意。

季節交替時氣溫容易忽上忽下，從走廊吹進來的風可以感覺到濕氣。是典型的陣雨前兆。

十六夜沿路抬眼望著開始陰暗下來的夏季天空，最後到達目的地的房間。和燕尾服男子一起進入房間的十六夜一看到放在房間中心的一大疊紙張，就表現出極為不耐煩的反應。

「喂，這是什麼小說啊？」

「我想應該是她的自傳吧？總之，這是身為養子的義務，你就乖乖認命看完吧。」

燕尾服男子把椅子抬到窗邊，把圓頂硬禮帽往下拉之後就不再說話。

……居然丟著委託人睡起午覺來了。即使是十六夜也不禁傻眼，不過今天的目的並不是這個男子。他很無奈地在桌前坐下，拆開那堆厚度約有十公分的紙張上的封條，準備來解決金絲

＊

——「Underwood 地下都市」，春日部耀的房間。

離開會客室後，大家為了把自己的行李帶回房間，決定暫時解散。

回到房間後，耀整個人倒向那張把水樹根部挖出後，塞成類似茅草屋頂形式來鋪成的床鋪。話雖如此，她也不是直接跳進樹根堆中。

而是躺在罩住樹根的白色床單上。

「……有樹根和茅草的味道。」

耀享受著這讓人平靜的味道，差一點就直接進入夢鄉。

她昏昏沉沉地晃動著眼皮，但又突然抬起頭，似乎臨時想到了什麼。

「……不行，沒有空睡覺。」

沒錯。耀是帶著堅定決心和約定才來到了這個南區。雖然一百隻新朋友或許無法辦到，但如果不能多認識一些不同種類的幻獸，她就沒臉面對把權利讓給自己的十六夜。

「……話說回來，不知道十六夜找到耳機了沒？」

耀突然想起十六夜總是戴在頭上的耳機。她記得那個耳機上有著一個很明顯的火焰標誌。

那個標誌和父親以前喜歡的廠牌相同。

（爸爸說那是「現在已經無法取得的古董經典製品」……十六夜的耳機也是一樣嗎？）

說不定就是因為這種理由，他才會拚命尋找耳機。不過在三人被召喚到箱庭世界的那瞬間，自己等人帶來的所有東西也都會成為獨一無二的物品呀……

「……………嗯，想也想不通，等回去以後再問他吧。」

耀換了個思考方向。現在與其為十六夜擔心，反而應該要以兩人的約定為優先。幸好三毛貓出去散步還沒有回來，如果想要單獨行動，現在是唯一的時機。

「先換個衣服，再前往城鎮外面吧。野生區域應該有各式各樣的幻獸。」

耀窸窸窣窣地開始拿出行李。

從私生活來看，耀並不需要多餘的物品。

所以她的包包很小，應該也只有放著最低限度的必要物品——也因此，當那個她根本沒有印象的東西出現時，耀的腦袋一瞬間整片空白。

「——……咦……」

怎麼會……她擠出呻吟般的低語。

從包包裡掉出來的「那個」……是絕對……尤其是對於耀來說，那是絕對不可以出現在她包包裡的東西。

「呃…………咦？咦？」

這突如其來的衝擊讓耀搖搖晃晃地站起來並直接撞上房間的柱子。

然而她並不在意這股疼痛。因為……這個……這種東西一出現，就會被人認為是自己故意陷害十六夜——

「耀小姐！發生緊急事件了！」

碰！這時黑兔突然用力推開房門闖了進來。耀情急之下，把那東西藏到背後。

然而由於一陣傳遍周遭的劇烈搖晃突然發生，讓耀不由自主地往後一屁股坐倒在地。

「哇……………地……地震？」

「不是！是襲擊！『Underwood』現在正受到魔王殘黨的攻擊！我們也該立刻出手協助——」

——黑兔講到這邊，突然閉上了嘴。

因為她的視線正目不轉睛地看著掉在地上的十六夜的耳機。

「耀……耀小姐……？為什麼十六夜先生的耳機會在這裡……」

「不……不是…………！」

耀變得更加混亂。這也是理所當然，她真的什麼都不知道。

即使想要辯解，也因為受到不擅說話的性格拖累，導致她想不出該說什麼，彼此之間一片沉默。

正當黑兔無法繼續忍耐，想要主動開口時——一隻巨大的手臂打破了宿舍的牆壁，橫擋在兩人中間。

「呀……！」

兩人同時被撞飛了出去。耀透過破洞想確認外面，卻和一顆正在窺探內部的巨大眼珠視線相對。

耀忍不住往後跳開，然而襲擊者卻不顧她的反應，揮動巨大手臂掃倒宿舍。

「耀小姐！」

黑兔以像是要保護她的動作將失去平衡的耀抱在懷中，接著跳到宿舍外。

目擊到襲擊者全身的耀發著抖低聲說道：

「巨……巨人……！」

沒錯——全長約有三十尺的巨大身軀出現在兩人面前。一邊握著巨大長刀的兩隻手臂，就如同大樹般粗壯。

臉上戴著挖了兩個洞的面具，從中露出凶狠的眼神。

黑兔盯著巨人，做好備戰動作。

「ＹＥＳ。他們是『人類的幻獸』——也就是巨人族！」

「嘎吼吼吼吼吼吼吼吼吼吼吼吼吼——————！」

戴著面具的巨人甩著頭發出兇猛吼聲，開始對兩人發動攻擊。

被巨大的劍砍中的地方產生龜裂，震撼了地下都市全體。外牆也已經因為這股衝擊而開始崩毀，要不是有大樹的樹根支撐，恐怕早就全都垮了吧。

耀躲避著大劍的揮擊，並對著黑兔發問。

「妳說這是魔王的殘黨，該不會是『主辦者權限』被……」

「不！這些不法之徒是無視恩賜遊戲直接發動了襲擊！也就是典型的違法者集團！」

黑兔的語調中含著明顯的怒氣。恩賜遊戲是在自由的箱庭中少數存在的法律，連這點規則都不願遵守的野蠻行徑，肯定讓她打心底感到憤怒吧。

兩人又避開大劍的另一次揮擊，這時響起飛鳥的聲音。

「春日部同學！黑兔！妳們沒事嗎！」

「我們這邊沒問題！」

黑兔開口答覆，飛鳥也重重點頭回應。

接著飛鳥高舉起恩賜卡想要召喚迪恩，但黑兔卻慌忙阻止她。

「請……請等一下，飛鳥小姐！要是迪恩和巨人在地下都市裡打起來，絕對會讓都市整個坍塌的！」

「那我該怎麼辦才好？」

「請和耀小姐一起前往地面！外面有更多的巨人族來襲！都市內請交給人家！」

黑兔才剛講完，就舉起金剛杵發射出千道閃電。

戴著面具的巨人還來不及閃躲，就大吼著倒下了。

然而下一瞬間，立刻有另外三隻巨人從上方跳了下來。
「嘎吼吼吼吼吼吼吼吼吼吼吼——————！」
轟隆！跳下來的巨人族把鎖鏈丟向黑兔，試圖逮住她。然而黑兔擁有和十六夜相匹敵的迅速腳力。
她鑽過鎖鏈攻擊的空檔跳到巨人族面前，以「模擬神格・金剛杵」的閃電攻擊對方。
「請放心！這種程度的敵人不管來多少個都不是人家的對手！兩位請去支援外面！」
「我……我知道了！」
飛鳥表示了解之後，耀就刮起旋風把飛鳥帶上半空。在動身飛往地表的前一瞬間，往下望的耀眼裡看到了崩壞的宿舍。
「……嗚……！」
焦躁感讓耀的胸口一緊。看那樣子，耳機恐怕不可能平安無事。一旦耳機壞掉，就很難證明自己的清白。
萬一誤會無法解開，現在的快樂生活和關係是不是全都會如泡沫般破裂消失呢——
「春日部同學！去外面吧！」
「——！嗯……好！」
飛鳥的聲音把耀的意識拉回現實。兩人離開地下都市，視野拓展開來之後，就看見眼前呈現一片亂戰的狀態。

平原和大河岸邊都響起鋼鐵互相撞擊的聲音。

噴濺四散的火花照亮了夜幕。

交互發射的火矢發出震耳聲響，被龍捲風形成的屏障一一彈開。

「Underwood」的下部地區，正展開了一場使用奇蹟的結晶「恩惠」來進行的戰爭。

「情……情況比想像中更嚴重呢……！」

雖然巨人族的數量頂多只有兩百隻左右，然而敵方卻能夠以一擋十。面對一名巨大的襲擊者，必須有許多獸人和幻獸一起攻擊，才總算能阻擋對方的腳步。

即使如此，數量在對方之上的「Underwood」居民還是應該要取得優勢，然而混亂的戰場上卻此起彼落地響起各種不同的意見。

「在大樹上的人快把燈光消掉！那些傢伙的夜間視力不好！」

「不行！『二翼』的成員中也有夜間視力不佳的成員！」

「哪管得了那麼多！再這樣下去只會被對方取得上風吧！」

「應該追究負責監視的人到底有沒有認真工作！」

混亂就如同傳染病般迅速擴散，這種情況根本毫無秩序。「Underwood」居民們現在已經成了一群烏合之眾，各自奮戰。

（不行，現在必須集中在眼前的狀況上……！）

耀在腦袋中切換自己的心態。現今事態如此嚴重，不是思考其他問題的時機。

「飛鳥，首先要找到莎拉，讓她來控制狀況……」

「看來似乎行不通呢。」

飛鳥立刻回答。耀看往她指出的方向，只見夜空中有個顯得特別光亮的人影。

那是利用火焰之翼在空中飛翔的莎拉，後面還有三隻巨人族正在追擊。

雖然一看之下他們的身材似乎不若其他巨人那般高大，但這三隻巨人除了面具，還裝備著金屬製王冠、權杖或是手杖等配件，很明顯地表現出和其他巨人不同的氣勢。

「和莎拉交戰中的那三隻應該是敵方的主力吧。要是我們隨便插手破壞了均衡，說不定反而會造成大傷害。現在先來去幫忙陷入混亂的下方戰況吧。」

「我明白了。那麼要怎麼做？」

被耀抓著的飛鳥考慮了一會，接著往下觀察城鎮中的防線。

「……不能讓對方繼續入侵城鎮，在最危險的地方把我放下去吧。」

「沒問題嗎？」

「嗯。我會在途中召喚出迪恩，然後趁著造成破綻的機會直接發動追擊。」

「麻煩妳了。」

飛鳥身上的大紅色禮服在下墜的途中迎風飄揚。她拿出恩賜卡，在戰火中心放聲大叫：

「來吧！迪恩！」

伴隨著飛鳥召喚的叫聲，空中浮現出一個沒有任何印記的圓陣。

接著圓陣中心出現了一具擁有厚重外表的紅色鋼鐵人偶，擁有和巨人族相同高度的鐵人從上空掉落到地面。

這衝擊讓大地出現巨大的龜裂，震撼了周遭。

「——DEEEEEEeeeeEEEEEEEN！」

狂吼聲在月夜中迴響著。

這身影讓巨人族、獅鷲獸、以及許多亞人們都心生畏懼。

由於無法辨別身分的紅色鋼鐵人偶突然出現，造成戰線一時停止。飛鳥逮住這個空檔，高聲下令。

「先聲奪人！把對方打扁！」

「DEEEEEEeeeeEEEEEEEN！」

迪恩踏穿地面，展開衝刺。它抓住附近兩隻巨人戴著面具的頭部，並讓他們的後頭部互相撞擊。

巨人族的戰士也不由得發出怒吼。

「嘎吼吼吼吼吼吼吼吼吼吼吼——！」

巨人試圖掙脫鋼鐵手臂，然而迪恩的怪力卻毫不動搖。它抓著左右兩隻巨人連續撞擊撞擊再撞擊，讓敵方失去意識。

接著迪恩舉起失去意識的一隻巨人。

「把他丟出去！」

「DEEEEEEeeeEEEEEEN！」

在飛鳥的命令之下，迪恩直接把舉起的巨人用力丟向另一隻巨人。

巨人應該也嚇傻了吧。他們肯定連想都沒有想過，巨大的同伴居然會在空中飛舞而且還撞向自己胸前。

相疊的兩隻巨人就像是不倒翁般滾成一團，往後彈飛到大河的中段附近。

耀從上空目睹到這豪快的戰鬥方式，讓她忘記該出手支援，只是楞楞地張大了嘴。

「迪恩……好厲害………！」

之前耀曾經聽說過迪恩輕鬆地打倒了魔王的親信，因此也推測出它擁有一定的強度。

然而實際的能力卻遠超出耀的想像。巨人族的戰士根本無法靠近全力發威的紅色鋼鐵人偶，轉眼之間，它就已經打倒了三隻巨人族。

看到這個英勇的表現，讓「Underwood」的士氣一口氣提昇。

認為這是勝利契機的某個人在大樹上展開「龍角鷲獅子」的旗幟，而且還以燈火照亮。

莎拉突然加速甩開那三隻巨人，甩著那如同燃燒火焰般的紅髮大聲叫道：

「要是讓客人保護『主辦者』將成為永生永世的恥辱！『龍角鷲獅子』旗下的成員快徹底執行自己的負責領域，重建戰況！」

現場響起振奮士氣的吼聲回應著她的喝斥。在莎拉的叱吒下恢復理智的各共同體都聚集到旗幟之下，開始負責自己本來的任務。

「一角」和「五爪」來到最前線發出怒吼攻擊敵人。

「二翼」和「四足」拉著雙輪戰車提供支援。

「三尾」和「六傷」負責搬運負傷者和供給物資。

面對開始展現出劃一秩序的「龍角鷲獅子」成員，巨人族慢慢地脫離戰線往後撤退。從上空觀察戰況的耀原本認定已經分出勝負了，然而——

剎時之間，現場響起撥動琴弦的樂音。

「……咦？」

耀還來不及反應，周遭一帶就被濃霧包圍，下方的戰場也是一樣。

甚至連飄浮於上空一千公尺位置的耀眼前都出現濃霧。

這樣一來視覺根本無法發揮功用。

「為什麼突然…………？」

「呀啊！」

耀猛然一驚，往下看去。

原本攻擊莎拉的那三隻巨人現在正把飛鳥和迪恩當成目標並發動襲擊。而且最糟糕的情況是，由於其他巨人族在迪恩身上套了好幾圈鎖鏈，讓它的動作也因此變得遲鈍。

萬一迪恩的動作被封鎖住，飛鳥就會變得毫無防備。

「飛鳥──！」

耀驅使著旋風急速下降。使出全速來增加勁頭之後，耀更進一步地讓自己的體重變化成「生命目錄」保管資料中，最有份量的那種動物。

她突破大氣並製造出許多衝擊波，使出了這一擊。

「嘎吼吼吼吼吼吼吼吼吼吼吼──！」

然而，卻被巨大手臂揮手掃開。

「……什麼……！」

簡直就像是在驅趕蒼蠅般容易。

戴著王冠和面具的巨人輕輕鬆鬆地就彈開了耀灌注全力的一擊。

耀勉勉強強做出防衛動作，然而卻直接撞上大河水面，彈跳數次後撞進了對岸。由於她利用風壓來緩和衝擊因此並沒有受傷，不過要是被打向地面，說不定已經身受重傷。

而且之所以能只受到這點程度的傷害，是因為耀的身體遠比普通人更為強壯。

（萬一飛鳥受到了這樣的攻擊……！）

一定──會讓她那纖細的身體被打得粉碎吧。

耀甩頭趕走最糟的想像。

為了儘快趕到飛鳥身邊，她刮起旋風開始飛翔。

雖然耀擁有老鷹的視力，然而被濃霧覆蓋住的地面能見度太差什麼都看不見。即使她緊貼

著地表全速飛翔，耳邊也只聽得到鋼鐵互擊的尖銳響聲和巨人族的吼叫聲。再加上連嗅覺都開始產生混亂，很明顯對方使用了某種恩賜。

（這樣一來……！）

耀突然急速上升，在半空中停止。

既然這個濃霧是恩賜的力量造成，我方也只能以恩賜的力量對抗。

耀張開雙臂，開始把所有的風都集中在雙掌上。

（雖然我沒試過飛行以外的動作……不過我一定做得到——！）

不，無論如何都必須成功。

如果無法成功，飛鳥的生命就會有危險。

「可……可惡…………全吹散吧——！」

轟隆作響的龍捲風水平往前移動，不久之後就開始以往上吸取的形式攪動霧氣。

想當然耳，輸出的功率並不夠，濃霧根本沒有散開的跡象。耀原本以為自己的努力到頭來只不過是白費力氣，然而注意到她行動的幻獸們卻同時發出吼叫。

「——ＧＥＹＡＡＡＡＡＡＡａａａａａａａａ！」

彷彿是在呼應耀那般，現場產生大量的旋風。雖然以人類擁有的語言領域並無法理解那些動物們的吼叫聲，然而聽在耀的耳裡，卻能一個個都確實理解。

（是格利和牠的夥伴……）

耀在內心道謝，並趁著濃霧開始變淡同時拔腿往前奔馳。當一邊在內心祈求千萬別太遲一邊趕路的她衝到現場時——

卻發現飛鳥根本平安無事，讓耀簡直覺得自己有些白忙。

「飛鳥…………！」

「春……春日部同學……呀！」

總算放心的耀因為衝過頭而撞上飛鳥，兩人雙雙倒地。幸好飛鳥已經從迪恩身上下來才沒有發生摔落意外，不過還是免不了一屁股坐倒在地。

「太好了……！在那種狀況下居然還可以毫髮無傷，飛鳥妳果然很厲害……！」

「雖然我很想回答妳『這還用說嗎』，不過實際上打倒敵人的並不是我。」

「咦？」

「……妳看看周遭就明白了。」

在飛鳥沉重的語氣催促下，耀確認起周遭的狀況。

霧氣消散，開始逐漸能辨識出人影。至於那些巨人族——

「————怎麼可能……」

耀不由自主地低聲說道。

霧氣散開之後，她看到的巨人族——全都死了。

他們被銳利的刀刃確實地切開頭部、脖子、心臟，一個都不剩地成了屍骸。其中還包括應該是敵方主力，戴著王冠和權杖等配件的那三隻。

……耀應該才花了不到一分鐘，就趕到飛鳥身邊。

可是戰場上的巨人族卻全部都被同一種手法殺死。

「該不會……所有的巨人族都是被同一人……？到底是誰——？」

這事實讓耀大感震驚，她倒吸了一口氣。

居然在那麼短暫的瞬間就能夠把巨人族全殺光，這是超越人智的行為。

在耀認識的人中，只有一個人能辦到這種跟怪物沒兩樣的事情——

「——沒有受傷吧？」

「咦…………咦？」

耀猛然回神。雖然因為突如其來的聲音而讓她馬上提高了警戒心，然而下一瞬間卻又立刻解除。絕不是因為她主動有意如此。

而是因為雖然聲音的主人並不是亞人、也不是幻獸或亞龍——但耀仍舊一眼就能明白。

就是這個女性殺光了所有巨人族。

「…………」

對方頭上用了一個黑色髮飾來綁住純白的美麗白髮。

身上穿著呈現出沉靜穩重氣質的白色長禮服，以及施加了精緻裝飾的白銀鎧甲。

臉上戴了一個遮住臉孔上半部的黑白色舞會面具。

彷彿從頭到腳都只以黑白兩色架構而成的身影，現在卻一處不留地染滿巨人族的鮮血。

「……是妳打倒了巨人族？」

「…………」

面具女性並沒有回答，只是看了兩人一眼確定她們是否平安。接著她背對耀等人，搖晃著那唯一沒有染上鮮血的黑色髮飾以及綁起來的長長馬尾離開現場。

耀啞口無言地望著她的背影，飛鳥則撐起身子以苦澀語氣開口說了一句話：

「那位小姐……很強。」

居然連自尊很高的飛鳥也不得不無條件如此承認，想必對方是個擁有壓倒性實力的人吧。說不定必須在這場收穫祭裡和她競爭。一想到這點，兩人就無法單純為自己的平安感到開心。

在兩人憂鬱地低著頭時，通知已經安全的鐘聲響起。

覆蓋住「Underwood」星空的濃霧在耀和幻獸們的努力下終於全部消散。

耀抬頭仰望滿天星斗，挺挺腰桿並同時吸入河邊的清涼空氣，並看著遲了一晚的滿月——

「————————啊。」

讓耀回想起放在宿舍裡的十六夜的耳機，同時一道討厭的寒意竄過她的背脊。耀冒著冷汗，立刻刮起一陣旋風，衝向宿舍。

第七章

蕾蒂西亞聽著十六夜的敘述，感覺自己正逐漸發冷。

她腦中全心全意，一直全心全意地祈求著某個願望。

如果這樣就可以改變事實。

如果這樣就可以改變星星運轉的軌道。

她內心甚至早已做好，即使要祈求幾億千萬次也在所不辭的決心。

——希望是弄錯了。

——希望是認錯人了。

——拜託，請一定要是湊巧同名的其他人。

要不然……會有一個少女至今三年來的努力全都無法得到回報。

＊

當十六夜讀完遺書的九成內容時，外面已經下成了豪雨。

本來還以為只是短暫陣雨，不知何時雨勢已經變得如此強勁。

風吹動已經鬆脫的窗戶造成喀嗒響聲，還讓雨滴以橫向的來勢敲擊窗戶玻璃。

十六夜望著直接受到豪雨澆灌的中庭，一個人自言自語。

（……話說回來，和金絲雀相遇那天也下著這種豪雨。）

回憶起這段往事的十六夜抖著喉嚨笑了。

十六夜並不討厭雨滴敲打玻璃的聲音，況且他原本就不會對水製造出的各種聲響產生反感。所以他暫時靠著窗邊，聽著雨滴彈跳聲仔細分析遺書內容。

（那個臭歐巴桑……既然留下這麼厚的遺書，結果內容卻幾乎都是回憶！就算是瞎編的也好，她難道沒打算讓人閱讀起來更多一些樂趣嗎？）

十六夜不以為然地搖了搖頭。

金絲雀遺書裡提到的內容，真的都是些跟自傳沒兩樣的回憶。

從暴風雨之夜的相遇，到帶著十六夜前往世界各處旅行的經歷。

他們曾經一一前往世界三大瀑布，挑戰「瀑布裡躲藏著惡魔」的傳承。

也曾因為懷疑地球真的是球體嗎？世界不是以平面展開的嗎？因此利用自家的船隻出航確認。

這類兩人之間的回憶，差不多寫了快六百頁。

……來不客氣地直接說出感想吧。金絲雀絕對是那種非常嚴重的溺愛型父母。

（……算了，反正那時的確很開心，所以也好啦。）

雨勢變得更強勁了。或許是最近連續幾日放晴所造成的反作用力，看來豪雨還沒有停止的跡象。十六夜望著窗外的景象，注意到只有一件回憶沒有被寫進去。

（對了……只有去看戰場那次的事情，她連提都沒有提到。）

十六夜摸著窗上的結霜，臉上露出苦笑。

只要十六夜表示想去，金絲雀就真的什麼地方都帶他去。

例如他說想要參觀美麗的水邊風景，金絲雀就帶他去看水上都市和世界三大瀑布。

想要見識壯闊景色，不管是吉力馬札羅山、聖母峰、富士山或是其他地方，金絲雀也全都帶著他前往。

至於十六夜說想要看看戰場的那次——金絲雀就帶著他，前往最悽慘的地方實地觀摩。

在那場旅行的最後，金絲雀告訴十六夜，自己再也不會帶十六夜前來這種地方。

如果十六夜想去戰場，那就要基於自己的意志，靠著自己的雙腳前往。這是金絲雀第一次拋下十六夜。所以十六夜也發誓，在金絲雀活著的期間，自己絕對不會再踏上戰場。

……在兩人之間，彼此都有著這種程度的信賴關係呢。事到如今十六夜才察覺到這點，不由得苦笑了起來。

（————……）

和金絲雀共度的七年和之前的十年，兩段人生的濃度差異根本無須比較。

那是一段讓十六夜可以抬頭挺胸，純粹以一句「過得很開心」來形容的歲月。

然而即使如此……如果要問十六夜內心深處最空虛的部分是否有被填滿？答案是否。

十六夜去挑戰過棲息於伊瓜蘇瀑布裡的惡魔，之後平安生還。這是人類第一次的創舉。

——可是，惡魔並不存在。

他也年僅十歲就走遍了據說有神居住的吉力馬札羅山，那裡的景色充滿神祕。

——但是，神也不存在。

地球真的是球體嗎？世界不是以平面展開的嗎？十六夜徹底征服了七海之謎。

——然而，這也是既知的事實。

經歷過許多次的旅途之後，十六夜終於領悟了。

這世上最奇幻的存在，就是逆迴十六夜這個人。

在那之後，十六夜的性情和古怪行徑都開始沉靜下來。給他 CANARIA 寄養之家這個棲身處後，十六夜就再也沒有做出什麼嚴重違反法律的行為。

說穿了，普通的人類就是一種被砍被打或是被擊中就會死掉的生物。

這事實成為十六夜內心的枷鎖、良心以及常識。

十六夜如果想要繼續在人類社會中生存，就必須適當地配合其他人的高度。

——「上天不會創造出在我之上的人」。

這並不是比喻，而是十六夜接受這是一個單純的無趣事實。

在金絲雀死後，只剩下像是為了嘲笑這無聊世間而偽裝出來的笑容而已。

（——……來繼續看下去吧。）

要是開始涉獵到哲學，自己就真的邁入老成這階段了吧~十六夜這麼想著，回到了桌前。

居然還有六十頁，真是讓人火大。

由於實在不爽，乾脆來一字一句仔細閱讀，找找看有沒有錯字吧！打著這個主意的十六夜看向頁面上的最後一行。

「——啊，對了對了，我差點忘了。你今天也有戴著數位電子錶吧？那麼，我想十六夜小弟你下次看手錶的日期時間會是 5/5　15:49　48.27 秒。」

「什麼？」

十六夜忍不住自言自語，接著反射性地看向手錶。

他的數位電子錶上顯示出：5/5　15:49　48.27秒。

「……哦？這是怎麼回事？」

十六夜的語氣中透著喜悅。

不用說，他現在面對的是一份遺書。更何況十六夜根本沒讓任何人知道自己今天要來，他本身也是一時興起才選了今天。

居然能以精確到小數點以下的秒數來預測出十六夜的行動，這應該是不可能辦到的事情。

「哈！什麼嘛！居然留下了這麼有趣的把戲，真是混帳！我可完全看不出這用了什麼手法！臭歐巴桑！」

嘴上雖然在咒罵，但十六夜的內心卻很興奮，這是久違的高昂感受。

——沒錯，就是這樣才對。

和我訂下契約，保證一輩子都要讓我玩得開心的女人留下的遺書，當然不可能光是寫些回憶就結束。

十六夜確定剩下的六十頁才正是金絲雀留下的最後驚喜，繼續翻看下去。

「所以我不是說過，不准叫我臭歐巴桑嗎？」

「——嗚——！」

十六夜用力站起。接著他觀察周遭，確認是否有監視攝影機或是什麼可疑的裝置。

當然他並沒有找到那類東西。講到這房間裡的可疑之物，大概就只有躲在角落的燕尾服男子。

十六夜一回神才發現自己收起了笑容。這兩頁的開頭實在過於異常，彷彿是在聽過十六夜自言自語後才寫下的內容。

「哈……不愧是金絲雀主辦的最後驚喜，的確有趣到極點……！」

十六夜克制著自己激動的心跳，首先確認筆跡。

然而那毫無疑問出自於金絲雀的筆下。

……是死者預測出這個情況而事先寫下？雖然這是很棒的推論，但很遺憾，十六夜已經在五年前就從幻想中畢業了。他雖驚訝，但仍然繼續閱讀後面的文章。

「好啦，我想你應該隱約已經明白，這是我最後的遊戲。『主辦者』是不存在的我，對戰敵手也是不存在的我，挑戰狀也是我。所以十六夜小弟你的勝利條件只有一個！那就是找出不存在的『我』和『你』，提交給入口吧——！」

唰！在毫無前兆的狀況下，整份遺書突然飛舞起來，並四下散落到 CANARIA 寄養之家的各處。

屋頂、中庭、走廊、接待處、房間、會客室裡。

遺書甚至還飄往其他數十個地方。這不自然的紙張亂飛現象讓十六夜一時愣住，但這時有一張遺書輕飄飄地落到他手上，他一看清上面所寫的內容，立刻大吃一驚。

「此外，如果到十八點為止你都無法找出——那麼我就會把大家帶走，當成我的獎品。」

「……什麼……！」

十六夜產生不妙的預感。他比任何人都清楚，成為「主辦者」的金絲雀絕對不會寫下騙人的規則。十六夜立刻衝出房間，前往位於入口的接待處。

之後他也去焰和鈴華的房間檢查，並確認所有的房間。

然而不管是哪裡，都找不到任何人。震驚的十六夜自然而然地確認了時間。

現在的時間是 16:00。

也是其他人從 CANARIA 寄養之家內消失無蹤的瞬間。

＊

——「Underwood 地下都市」，宿舍殘骸前。

擊退巨人族的襲擊後，耀一直線回到了宿舍前方。雖然有樹根幫忙支撐，但內部卻是普通的宿舍。

萬一地板破了洞，那麼當然會坍塌；要是柱子折斷了，構造也會跟著瓦解。

更不用說這次是被巨人的粗壯手臂打進內部直接大肆破壞，當然會成為一片斷垣殘瓦。

耀用風吹開瓦礫，尋找十六夜的耳機。

（拜託沒事……萬一耳機壞了……！）

耀抱著悲痛的心情不斷祈求。她的內心已經因為連續發生意外而徹底混亂。

在眾多事件當中，特別讓耀感受到壓力的是——

（即使來到南區……我還是……沒有表現……！）

明明自己抱著那麼強烈的決心。

而且還靠朋友把權利讓給自己之後才能成行。

這次也確實參加了戰事，卻在束手無策的情況下嚐到了敗北滋味。萬一連耳機都壞了，真的會失去自己的棲身之處。

一而再再而三的強烈祈求終究落空，從瓦礫下方找到的耳機……

「……………啊……」

已經瓦解了。成了一個勉強只剩下火焰標誌的殘骸。

如果是只有外殼部分受到破壞，說不定還可以靠著箱庭的奇蹟恢復原狀。

然而耳機已經完全粉碎了。甚至讓耀只看一眼就放棄了拿去修理的念頭，毫不留情地成了片片殘渣。

（怎麼辦……因為，這個耳機對十六夜來說很重要——）

沒錯，這是讓他甚至不惜拋下原本應該很期待的收穫祭，以便繼續尋找的重要寶物。為了尋找這東西，十六夜選擇留在根據地裡，還叫我代替他來這邊好好加油……結果……萬一這個寶物被認定是我下手偷走……那麼來到箱庭後得到的重要事物，就會一口氣全部瓦解。

「……春日部同學？妳怎麼了？」

耀的上半身整個跳了一下。從後方逐漸靠近的友人腳步聲，現在聽起來就像是死神的腳步聲。她的心跳猛烈加速，簡直快要爆炸了。

「春……春日部同學？妳……妳的臉色好難看！妳還好嗎！」

「飛……鳥…………」

耀捧著火焰標誌，邊發抖邊站了起來。

正當春日部耀的腦袋快要被「乾脆逃走吧！」這種脆弱的意志控制住時——斷掉的大樹樹根朝著她的腦袋掉了下來。

＊

——「Underwood」收穫祭總陣營。

遭受襲擊之後，黑兔和仁被要求前去與莎拉見面。原本就被找來總陣營的仁在敵方來襲時，被藏進了大樹內部。

他內心雖然對自己無法參戰的事情感到非常可恥，但現在並不是煩惱這種事的時候。

仁以及和「No Name」同樣被喚來的「Will o' wisp」成員一起向莎拉提出疑問。

「莎拉大人，這到底是怎麼回事呢？魔王不是已經在十年前被毀滅了嗎？」

聽到仁的追問，莎拉靠著椅背把身體往後仰，頭也朝向上方。

「……抱歉，本來我想在今晚告訴各位詳情，沒想到那些傢伙的動作這麼快。這次之所以邀請你們兩個共同體前來『Underwood』，其實還別有原因……你們願意聽我的說明嗎？」

「是的。」

「呀呵呵……嗯，如果只是要我們聽聽那是無妨。」

仁立刻回答，傑克則笑著避重就輕。

莎拉把身子往前探，開始說明內情。

「我想你們已經聽說過這個『Underwood』曾經遭受魔王襲擊吧？」

「是的，據說是十年前的事情。」

「沒錯。那時雖然成功打倒魔王，但是留下了嚴重的傷痕。而且魔王的殘黨似乎還企圖要對『Underwood』展開復仇。」

「……所謂的殘黨就是剛剛的那些巨人族嗎？」

「沒錯。不過或許不只是巨人族。先前為止我去了各處巡邏，果然周圍的情況很不對勁。連那些以佩利冬為首的殺人種幻獸都開始聚集。由於牠們連獅鷲獸的威嚇都視若無睹，也有可能是受到某種魔法操縱。」

「原來如此………不過剛才的巨人族到底是哪裡的巨人族呢？人家對他們的面具沒有印象。」

莎拉「嗯」了一聲，暫時沒有說話。接下來她才表現出似乎在煩惱該怎麼整合發言的態度，慢慢地繼續說下去。

「那些魔王的殘黨……是逃進箱庭的巨人族的後裔，還有混血的子孫。」

果然是這樣嗎？黑兔點點頭。

「箱庭的巨人族中，有許多都是來自異界的殘兵敗將。最有代表性的就是凱爾特神話中的弗摩爾族，另外來自北歐的人也不少。由於他們曾有過戰敗逃亡的經歷，因此基本上都性格沉穩不喜戰鬥，是擅長製造的種族…………然而五十年前有個部族得到名為『侵略之書』的魔道書後，開始利用『主辦者權限』來支配巨人族。這就是一切的起源。」

黑兔垂下兔耳，像是在思考。

「『侵略之書』…………？遊戲名是不是叫做『Labor Gabala』呢？」

「妳知道這是什麼嗎？」

「是的。不過其實也不能說是知道，只是曾經稍微聽說過一點相關情報而已。聽說這是別名『來寇之書』的『主辦者權限』，而且還能強制發起以土地為賭注的遊戲。」

「沒錯，在『主辦者權限』中，這可以說是最一般的能力。那些傢伙就是利用這個能力，讓共同體逐漸擴張壯大。」

——然而，那個魔王的一族卻在戰爭中敗北而滅亡。

巨人族又恢復成一群殘兵敗將。

既然莎拉說他們原本是性格沉穩的種族，那麼又為何會一直持續來攻擊這個「Underwood」呢？這時莎拉從椅子上起身，捲起掛在牆上的聯盟旗。

她從旗幟後方的祕密金庫中拿出一個人頭大小的石塊，展示在眾人眼前。

「這顆『眼睛』就是他們的目標。」

「…………『眼睛』？您是說這塊岩石嗎？」

「嗯。雖然現在被封印住了……不過只要解開封印，據說就能夠一口氣殺死一百名神靈。」

貴賓室裡響起眾人一起用力吸氣的聲音。

黑兔們在一個月前曾經和神靈魔王戰鬥，深知神靈的威力。然而莎拉現在卻說她手上的東西可以一口氣打倒一百名那種水準的神靈。黑兔一邊感受到自己的背脊陣陣發冷，同時戰戰兢兢地發問：

「這到底是什麼恩賜呢？」

「——————……這是『巴羅爾之死眼』。」

砰！仁和黑兔訝異得站了起來。

「巴……巴……巴羅爾之死眼！」

「您……您是開玩笑吧！講到『巴羅爾之死眼』，是在凱爾特神話中被視為最強大最恐怖的死之神眼！也是光注視就能賦予死亡恩惠的魔王之眼啊！」
黑兔臉色大變，聲調也非常激動。然而考慮到這東西的兇殘程度，這也是理所當然的反應吧。
——「巴羅爾之死眼」是能賜予死亡恩惠的神眼。
也是在時間可以追溯到紀元前五世紀的凱爾特神話中，記載由巨人族國王巴羅爾擁有的神眼。傳承中描述這顆眼睛一旦睜開，就會出現如同太陽的光芒，同時給予死亡。
如果「黑死斑魔王」是讓風成為運送死亡的媒介——
那麼「巴羅爾之死眼」就是伴隨著光，能強迫致死的魔眼。
「可是『巴羅爾之死眼』應該已經隨著巴羅爾死亡而消失了。為什麼到現在卻又……」
「這並沒有什麼好奇怪。調查之後，我才知道凱爾特諸神似乎大部分都是後天性的神靈，也就代表他們建立了足以晉升為神靈的靈格。既然如此，就算哪天出現了第二個巴羅爾，其實也不足為奇。」
——正如莎拉所說，藉由累積功績，的確可以後天性地晉升為神靈。
「黑死斑魔王」就是個很好的例子。
她除了是八千萬的死靈群，另外還吸收了「哈梅爾的吹笛人」所造成的信仰與恐怖，藉此成為神靈。
轉生為神靈的結果，就是克服了「聚集一定數量以上的信仰心」這個考驗後，能夠取得的

恩惠。

「聽……聽您這樣一提，的確是……凱爾特諸神中有一半以上是藉由國威來獲得信仰的一族。據說這是因為擁有權威的德魯伊（Druid）們的信仰，是以祖靈崇拜和自然崇拜為主流……」

「沒錯。人類只要匯集信仰就能成為神，凱爾特諸神話正是明確的範例之一。也因此在箱庭之中，偶然覺醒出『巴羅爾之死眼』的巨人族似乎並不在少數。也有一部分的說法認為這是『侵略之書』造成的副產物。」

語畢，莎拉把視線往下移。

她看著具備魔王之力的神眼。

「那些傢伙即使不擇手段也想要奪回這顆神眼吧。雖然適性不合就無法發揮出十分的力量，但即使如此這依然是強大的恩賜。我想今後他們還是會趁著我們因為舉辦收穫祭而分身乏術的機會，再度發動襲擊。」

「呀呵呵……所以妳意思是要我們提供協助，保護城鎮不受襲擊破壞？」

傑克和愛夏毫不掩飾地露出厭惡的表情。他們雖然具備戰鬥能力，然而「Will o' wisp」卻不是武鬥派的共同體，再怎麼說他們都是以製造為主的共同體。

如果是像上次那樣被強制波及的情況那還另當別論，主動面對戰事的行為恐怕違反他們的方針吧。

愛夏左右甩著雙馬尾，面露難色。

「的確維拉姊很強，但是她的個性卻完完全全地不適合戰鬥。所以除非有什麼極為特殊的狀況，否則她連恩賜遊戲都不願參加。況且這次的事情，首先應該要找『階層支配者』討論才合理吧？對方可是一些連恩賜遊戲的規則都可以視若無睹的違法集團耶？」

聽到愛夏的指責，莎拉很憂鬱地保持著沉默。這指責說得沒錯。

對於本次這種做出違法行為的犯罪者施加制裁，原本就是「階層支配者」的使命。更不用說那些傢伙是一群連「主辦者權限」都不具備的違法者，即使單方面地對他們展開虐殺，對方也沒有資格提出抗議。

然而莎拉卻露出很苦悶的眼神搖了搖頭。

「很遺憾…………目前南區並沒有『階層支配者』。」

「…………什麼？」

「這是上個月發生的事情，時間上大約和『黑死斑魔王』現身同一時期。『階層支配者』被出現於七〇〇〇〇〇外門的魔王打倒，在那之後的安危至今仍不得而知。而且聽說連魔王的真面目也是個謎。」

「什麼…………！」

這意料外的回答讓愛夏張口結舌，其他眾人也是一樣。大家都沒有預料到「階層支配者」的席位居然會陷入懸空的狀態。

莎拉閉上眼睛抬起頭，開始敘述南區的現狀。

「巨人族就是在那事件之後開始暴動。原本預定要移居到『Underwood』來的『一角』同志們……獨角獸群似乎也遭到巨人襲擊，而受到了毀滅性的打擊。一直到現在都還沒有取得聯絡。」

「怎……怎麼會這樣……！」

黑兔一臉蒼白。這樣一來連那隻曾在托力突尼斯瀑布相遇的獨角獸也很難平安無事吧。

「我等請白夜叉大人擔任代理進行商議，希望能從南區挑選出新任『階層支配者』。然而『階層支配者』負責守護秩序，要找到夠格擔任這職位的共同體並不容易。所以白夜叉大人主動對我們提出……要同時讓『龍角鷲獅子』聯盟升格為五位數，並任命我們成為『階層支配者』。」

黑兔和仁都恍然大悟地吸了口氣。

「那……那麼這個收穫祭就是要考驗『龍角鷲獅子』聯盟是否有資格升格為五位數以及擔任『階層支配者』的遊戲了？」

「沒錯。只要成為『階層支配者』，就能一併獲得『主辦者權限』和強大的恩賜。想要殲滅巨人族，只能基於『主辦者權限』來舉辦恩賜遊戲並向他們宣戰。也為了南區的安寧，無論如何，我們都絕對要讓這場收穫祭成功落幕。」

莎拉帶著堅定的決心如此宣言。聽到這些初次得知的真相讓眾人一時無言以對，但同時黑兔也總算能夠理解。

——「龍角鷲獅子」聯盟在下層區域，是個規模數一數二的聯盟。就連「No Name」所在地的遙遠外門，都有「六傷」的分支。和規模相同，活動的歷史也很悠久。

像這樣一個大有來歷的聯盟，議長卻由應該只是個新人的莎拉・特爾多雷克擔任。就算南區的居民向來心胸開闊，也不可能把等同於群體之長的議長席位隨便拱手讓出。尤其是某些地盤意識特別強烈的幻獸更是如此吧。

然而莎拉原本是擔任「階層支配者」的「Salamandra」之繼承人。

正是因為看中了她這份經驗，才會隸屬短短三年後就任命她成為議長吧。

（莎拉大人應該一直都待在她父親身邊學習「階層支配者」的活動。考慮到「龍角鷲獅子」聯盟的將來，讓她擔任議長或許是理所當然的發展。）

黑兔雖然對莎拉的事情並不清楚，然而「Salamandra」原本是同盟共同體。正因為莎拉是「Salamandra」的繼承人，所以多少聽過一些傳聞，知道她是個優秀的人才。甚至還有傳言指出如果莎拉繼承了星海龍王之角，「Salamandra」應該能夠邁向最高峰吧。

然而莎拉本人現在卻憂鬱地摸著一頭紅髮，臉上帶著苦笑。

「捨棄下任『階層支配者』的立場，置身於『龍角鷲獅子』聯盟的我現在卻打算成為南區的『階層支配者』。我想這看起來必定相當可笑吧……然而現在不是能選擇手段的時候。為了南區的安寧，能不能請兩共同體把力量借給我們呢？」

「雖然妳這樣說……」

即使得知來龍去脈之後，傑克還是不太願意。

然而莎拉依舊沒有放棄，她把「巴羅爾之死眼」放在手掌上，開口說道：

「當然，並非毫無報酬。我想要把這個『巴羅爾之死眼』送給立下較多戰功的共同體。」

「啊……………？」

「聽說維拉．札．伊格尼法特斯擁有能往來生死境界的力量，那麼她應該能充分發揮這個『巴羅爾之死眼』的力量吧。與其讓這東西放在我等的手邊堆積灰塵，在她手中發揮力量將更為有益……………怎麼樣呢，傑克？」

「這個…………是啦，的確如妳所說。維拉的性質和這個『巴羅爾之死眼』想必相當契合吧。然而，當這東西必須交給我等以外的共同體時那又該怎麼辦呢？我想在下層除了維拉，能完全運用『巴羅爾之死眼』的例外…………想必不存在吧？」

——傑克看了黑兔他們一眼。

嘴巴上雖然這麼說，但他心裡一定覺得「No Name」另當別論吧。

莎拉也注意到他的視線，點點頭回應。

「請放心，我打算將『巴羅爾之死眼』的讓渡對象限制為『Will o' wisp』或『No Name』之一。」

「我……我們也是對象之一嗎？」

「可……可是，莎拉大人。我們這邊的同伴中應該沒有性質切合的成員呀？」

看到兩人面有難色，反而換成莎拉吃了一驚。接著她像是突然想到般地提起另一個話題。

「抱歉，我把這事全忘了。其實白夜叉大人將要賜給『No Name』的新恩惠寄放在我這。」

「咦？」

「我想你們應該之前就聽說過了吧？就是破解The PIED PIPER of HAMELIN的報酬。只要有那東西，我想你們就能完全運用『巴羅爾之死眼』。」

啪啪！莎拉拍了拍手召喚僕人。

一名僕人用雙手捧著一個小箱子，蓋子上刻有「相對雙女神」的紋章。

收下使用「Thousand Eyes」旗幟封印的小箱子之後，仁顯得有點驚慌失措。

「這就是，新的『恩惠』………？」

「沒錯。面對『黑死斑魔王』主辦的遊戲The PIED PIPER of HAMELIN，你們達成所有的勝利條件並予以破解。這東西就是那次的特別賞賜，你可以打開來看看。」

仁鄭重地點了點頭，解開小箱子的封印。

小箱子裡面放了一個刻有吹笛小丑──「Grimm Grimoire Hameln」旗幟的戒指。

＊

（……這裡是……哪裡？）

耀清醒過來之後，發現自己身在被作為緊急救護中心的區域。被送來的病患都是在先前的襲擊中有參戰的成員。

因為戰鬥負傷以外的原因而來到此處的耀有些不好意思，待在床上把身體縮成一團。

……她立刻就明白自己是失去意識後被送來這裡。

後腦傳來的沉重疼痛感一定是因為起了個包，一摸還可以發現有點腫。然而應該會被瓦礫和樹根壓扁的自己卻只有受到這點程度的輕傷……這個事實才是重點問題。

（…………我……）

「哎呀，妳醒了？」

這時飛鳥從區隔病床的簾子後方出現。

看到她手上綁著繃帶，耀忍不住用力倒吸一口氣。

「飛鳥……！妳手上的傷……」

「噢，這個？這只是稍微擦傷而已，妳不必在意。」

飛鳥輕快地在椅子上坐下。這下耀也明白一切了。

是飛鳥挺身而出幫助了自己。

「……飛鳥。」

「有件更重要的事情，春日部同學。針對這個，妳可以說明一下嗎？」
飛鳥迅速遞出來的物品，是那個火焰標誌。
也就是裝在十六夜的耳機上的註冊商標。既然飛鳥手上拿著這個東西，那麼她必定也已經知道耳機壞掉的事實。
耀認為自己會受到責備，躲在被窩裡縮得更小。
「春日部同學……拿走耳機的人是妳嗎？」
「…………」
「還是說不是妳呢？」
「……不是。」
耀靜靜地回答，把腦袋探出被窩。
飛鳥雙手抱胸，一臉為難地煩惱著。
「那……可以判斷這事和春日部同學妳完全無關嗎？」
「……我也不知道。但是耳機放在我的包包裡。」
「是妳放進去的？」
「不是。」
耀立刻回答。這是事實，她在準備行李時，耳機的確不在包包裡。
那麼，到底耳機是如何進入她的包包裡呢？

「嗯……綜合各種情報之後應該是這樣吧？春日部同學整理好行李後，犯人把十六夜同學的耳機帶走，並藏進了春日部同學的包包裡…………有誰可能辦到這些事情？」

「——……我？」

「我是指春日部同學妳以外的人！」

飛鳥帶著苦笑追加條件。聽到朋友這段完全不懷疑自己的發言，讓耀稍微恢復了一些精神。她緩緩地坐直身子。

「就……就算妳這樣說……除了我之外還有誰可以辦到那些——」

——講到這邊，耀猛然一驚吞了口氣，開始聯想。

接著她露出如同吃了黃蓮的表情，開口說道：

「……飛鳥，那個標誌借我一下。」

「咦？妳怎麼突然想要？」

「說不定……還殘留著犯人的味道。」

飛鳥拍了一下手。原來如此，她都忘了耀的嗅覺跟狗一樣靈敏。

看來兩人都相當驚慌，才會漏掉這個相當初步的方法。耀擁有的恩賜正是在這種情況下能發揮出無比實力的恩賜。

「————………」

「如何？」

「……嗯，果然還殘留著。」

然而……耀的表情再度扭曲。她並不明白犯人為什麼要做出這種事情，明明至今為止牠從來不曾做出讓耀感到困擾的行為。

背後或許有什麼隱情……當耀正在煩惱時，簾子外傳來的聲音讓她猛然抬頭。

「呃……『No Name』的春日部耀小姐……有了！到這邊就可以了嗎，三毛貓大爺？」

「謝謝妳呀，麒麟尾的大姊。到這裡就好了。」

「不不，既然得知那麼複雜的情況，如果還繼續置身事外，那可會傷害到『六傷』的名譽。雖然我也明白自己幫不上什麼忙，但至少願意擔任雙方的緩衝。」

唰！簾子被拉開了。出現的是那個在二一〇五三八〇外門噴水廣場經營咖啡座的麒麟尾貓店員，還帶著三毛貓。

「兩位常客您好～！我把在另一邊意氣消沉的三毛貓大爺帶回來了！」

「喵嗚嗚嗚嗚嗚！沒有必要連那種事都抖出來吧！」

「咦～？可是大爺真的以一副世界快要滅亡的樣子在那邊不知所措呀。」

「大……大姊，那……那是因為有各式各樣的理由……」

「……三毛貓。」

喵嗚！被貓耳店員抱在懷中的三毛貓整隻彈了起來。

春日部從店員手上接過三毛貓，以悲哀的表情發問。

「為什麼…………？」

「那……那是…………因為小姐妳實在太可憐了……所以我想報復……」

「…………」

居然為了這種事——想要這樣責備三毛貓的心情幾次浮上又消失。

耀冷靜下來，閉上眼睛回顧。

——如果要直接把犯人三毛貓移交給十六夜，當然很容易辦到。

可是，原因真的跟自己無關嗎？

追根究柢來說，難道真正的原因不是因為自己過於脆弱嗎？

而且身為三毛貓的飼主，也應該負起責任。要是就這樣只把一切的結果丟給十六夜，才真的會造成彼此間的關係徹底崩壞。

「……飛鳥。」

「什麼事？」

「果然光是知道犯人是誰並不夠，一定得想辦法把耳機修好才行……妳願意幫忙嗎？」

「嗯，我很樂意。」

耀走下病床，換上嶄新的心情。

這裡是箱庭的世界，一定有什麼奇蹟般的方法。兩人為了找出方法，再次迅速趕往宿舍。

第八章

——CANARIA 寄養之家。5/5　17:38

十六夜撿回四散各處的所有遺書後，把一直待在窗邊睡覺的燕尾服男子連人帶椅地一腳踹倒。

「嗚哇喔！」

「哇什麼哇！你這個冒牌律師是打算睡多久？」

十六夜以有些欠缺從容的語氣指責燕尾服男子。

男子不怎麼高興地爬了起來，拍掉黑色圓頂硬禮帽上的灰塵重新戴好，接著歪了歪頭。

「那，有何貴幹？是不是已經解決遊戲了？」

「不，只剩下關鍵的部分還沒想通。」

「……哦？這意思是大致上已經究明囉？」

單邊眼鏡的邊緣閃爍出光芒。

十六夜讓男子看了看他收集到的六百頁遺書，並提出解答。

「題目是『找出不存在的「我」和「你」』，提交給入口吧』。首先，不存在的東西當然無法拿來提交，因此可以推測這是某種實際存在事物的比喻表現——至於究竟是什麼的比喻呢？答案就藏在前一段文章裡。」

「主辦者」是不存在的我。

對戰敵手也是不存在的我。

挑戰狀也是我。

「和其他兩句話不同，只有這句話中的存在並沒有被否定。如果把『挑戰狀』用『遺書』來置換，那麼遺書中唯一沒有敘述到的『我（金絲雀）』和『你（十六夜）』的插曲——也就是去參觀戰爭的經歷，就是『不存在的我和你』的解答。」

「哦哦……正確答案，十六夜小弟。」

燕尾服男子啪啪鼓掌，然而卻沒有更進一步的動作。

十六夜瞇起眼睛，威嚇著男子。

「……你不是『入口』嗎？」

「我嗎？真是有趣的推理，還請你務必解釋給我聽聽。」

燕尾服男子面露微笑。十六夜先確認了一下時間。

現在時間已經是17:40。雖然沒什麼時間說明，但也沒有其他的指望。

「……接下來的推理其實對我個人來說充滿疑點。遺書上面寫著『要把大家帶走』，如果直接按照字面上解釋，意思就是要把其他人帶往死者的世界。」
「嗯嗯，然後？」
「換句話說遺書中提到的入口，就是通往死者世界的入口……這是我的猜測……」
十六夜難得吞吞吐吐。
燕尾服男子充滿興趣地摸著下巴，咯咯笑了起來。
「哈哈，換句話說你認為我是死者之國的領路人嗎？」
「不……我認為你不是那種不值一提的小角色。」
「意思是？」
男子推了推黑色圓頂硬禮帽，逐漸逼近。
十六夜提高警戒與疑心，開口繼續說道：
「——在南美，有個宗教祭祀著一名總是身穿燕尾服，頭戴黑色圓頂硬禮帽，掌管生與死的神靈。」
「…………哦？」
「神靈的名字是『十字架男爵（Baron La Croix）』，據說是一名站在生與死、人界與神界交會的『永遠的十字路口』上，身穿燕尾服的死神…………而且這個死神似乎還藉由了『生命』這一面而獲得了全知。」
十六夜直直地望著燕尾服男子藏在單邊眼鏡後的眼睛。

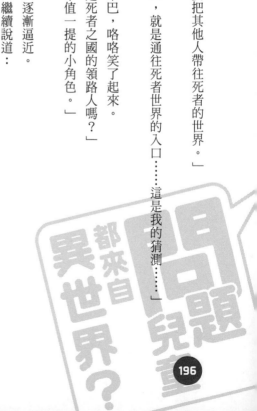

如果那雙眼睛真的能通曉這世上的所有生命，那麼他就有能力對遺書動手腳，並改寫內容吧。

然而被十六夜指稱是「十字架男爵」的男子卻感嘆似地搖了搖頭。

「原來如此，的確是很有趣的推理。不過講出這番推理的你本人看起來卻像是半信半疑？」

「…………」

「哦？看來你比我想像中更多疑呢。根據你的性格來推論，我還以為你會更興奮開心…………不過也好，我就來回答你的兩個疑問吧。首先關於遺書，我並沒有做出任何修改。那份遺書確確實實是金絲雀親自寫下的東西。」

「…………那另一個疑問呢？」

燕尾服男子歪著嘴角笑了。

「——正確答案，我就是克洛亞·巴隆，也是掌管通往『諸神之世界（Guniee）』的神靈（Loa）之一。」

他緩緩地站了起來，身上的燕尾服也隨著他的動作晃動。這瞬間，燕尾服男子的存在感突然膨脹。

十六夜往後退了一步，再退一步，和燕尾服男子——「十字架男爵」拉開距離。

「…………哼！原來如此！看來這並不是特大的虛張聲勢嘛。」

「當然不是。不過，你似乎到現在還感到懷疑？」

「才沒那種事…………我是很想這樣堅持啦，不過面對你，逞強大概也是白費力氣吧。」

十六夜雖然滿不在乎地聳了聳肩，但他的背後現在仍不斷滴下冷汗。

看到十六夜這種反應，「十字架男爵」似乎很失望地雙肩一垮。

「……原來如此，難怪金絲雀會擔心。」

「什麼？」

「我意思是，你真是個無聊的傢伙，十六夜小弟。哎呀哎呀真的是可惜遺憾又驚訝詫異，一整個讓人掃興又失望。唉，原本我還聽說你是個更有趣的人呢。雖然擁有如此強大的超常力量，卻已經失去了解放這份力量的方法，或許也可以說是精神上的封印——我就直接了當地說吧，你已經過度適應了這個世界。我可不能讓你在這種狀態下破解遊戲吶。」

叩！「十字架男爵」的鞋跟敲擊著地板。他壓著頭上的圓頂硬禮帽，甩著燕尾服下襬走近一步。

剎那之間，暴風吹破了小房間的所有窗戶，刮進來的雨水淋濕兩人。

「首先要採用極端的手段！就邀請你來我的領地——生與死的十字路口吧！」

暴風刮起玻璃碎片並形成旋風，就像是在切割紙張那般地逐漸摧毀小房間的牆壁。

不久之後小房間的地板也跟著消失，十六夜摔進了半空之中。

現在這種籠罩往十六夜全身，逐漸往下墜落的感覺，即使要稱為未知的經驗也實在是過於詭異。彷彿並不是任由身體依循重力往下掉落，而是世界本身變得越來越稀薄。

身體雖然落入只有不安和恐怖的黑暗，然而途中——十六夜卻產生了不可思議的高昂感。

（——該不會…………他是真貨…………？）

過去和金絲雀兩人一起旅行的種種，正在眼前宛如走馬燈般閃過。

——曾經挑戰過據說棲息著惡魔的瀑布。

——曾經挑戰過據說居住著神明的靈山。

——也曾經為了要找出能填補內心深處的最後一個碎片，不惜出發前往海洋的止境以及行星的盡頭。

認為「這次說不定真的能找到」而帶來的期待感讓十六夜的興致非常高昂，他就這樣不斷地在黑暗中往下墜落。

之後他看到地面開始逐漸重新建構，同時還往上突起，建立起灰色的高塔群。

當世界的上下出現天空和大地的那一瞬間，十六夜的身體整個翻轉，反而朝著天空的方向往下墜落。

正當十六夜眺望著那片以半球體狀往外擴展的大地逐漸遠去的樣子而感到很不可思議時——不知道為什麼，他的背後卻撞上了某個平坦的東西。

他立刻起身，確認周遭的情況。

「……喂喂……這是怎麼回事……」

仔細一看，天空根本不存在。

不知不覺之間灰色的高塔群已經被高樓大廈取代，建造出一個陌生的城市。

裝設著透明玻璃的大廈群下方穿插著密集的步道和車道，精細得簡直就像是一個新做好的模型。

十六夜之所以會覺得眼前所見宛如袖珍造景，應該是因為他完全無法感覺出有人生活的動靜吧。

然而，這些都只是小事。

讓十六夜感到驚愕的原因，是針對這個宛如球體內部的完全封閉世界。

（天地全都毫無間斷地相連成一片……這就是生死的世界嗎……？）

沒錯，形容這裡是一個「建立在球體內側的世界」或許會比較容易理解吧。

在球體的世界裡有著櫛比鱗次的大廈群；以及通往上下左右，持續上坡的車道。

十六夜目瞪口呆地環視著眼前的街景，才發現裡面隱約有著人影。

「這是為你特別製作的世界，你喜歡嗎？十六夜小弟。」

「十字架男爵」站在一棟較小的大樓屋頂對著十六夜說話，接著縱身一跳落到他的眼前。

他攤開穿著燕尾服的雙手，對著十六夜宣佈。

「好啦，從現在開始就是由我主辦的追加關卡。就展示給我克洛亞·巴隆見識一下吧……

那份世界賜給你的強大力量——！」
下一剎那，燕尾服男子化為黑影貼著車道往前衝刺。
黑影逮中反應慢了一步的十六夜，抓住他的脖子往地面上用力一摜。
「混帳……！」
十六夜扣住燕尾服男子的手腕，試圖以往上扭轉的動作來反將對方壓制在地。然而對方卻又變換成沒有實體的影子，繞到十六夜的背後。
「哈哈！真是善良啊！神靈都已經想取你性命了，居然還只是想壓制住對方，這種人可相當少見！」
燕尾服男子發出嘲笑般的笑聲，抬腳從後方把十六夜踹了出去。
十六夜的身體在半空中飛舞，朝著天空直直衝去，最後貫穿位於對角線上的大樓屋頂。打破了好幾層鋼筋水泥之後，終於停了下來。
「十字架男爵」也化為黑影追了上來。沿著十六夜剛剛被打飛時曾經通過的軌跡前進，可以看到建築物彷彿遭到炮彈擊中那般紛紛倒塌。
「……唔，是不是下手太重了點？」
「十字架男爵」拉了拉圓頂硬禮帽，皺著眉低語。然而他並不是因為在反省自己才說這些話，而是因為他覺得還來不及享受就失手讓一切結束。
——「十字架男爵」一方面是生與死的神靈，同時也是愛與情慾的神明。

而且還是個喜歡一手拿著蘭姆酒，會一邊胡鬧一邊亂搞，性格粗暴又下流的愛之神靈。

喜悅愉悅是他的屬性。然而卻在連酒瓶都還來不及打開的時間內就失手讓遊戲終結，未免太過掃興。

（金絲雀的擔心成真了嗎？就算把這樣的少年送往箱庭世界——）

「——喂！眼鏡混帳！」

「什麼！」他訝異地回頭。這是因為明明大樓被貫通的痕跡還在繼續往前延伸，聲音卻來自於他的背後。絕對不是針對「眼鏡混帳」這名詞的反應。

然而這些驚訝與憤怒的情緒卻立刻被他拋開。

因為在他的背後——有一棟以第三宇宙速度飛行的大樓正朝著他逐漸逼近。

「這——————！」

「十字架男爵」在他漫長的生涯中，第一次使用了「目瞪口呆」這種形容。

那誇張的速度，甚至讓他來不及化為影子應對。

「十字架男爵」立刻伸出右手，施放出一片宛如蒸騰熱氣般搖晃的黑暗。

以第三宇宙速度撞過來的大樓只有接觸到黑暗的部分被截斷並消滅，剩下的部分則直接化為瓦礫，讓其他數十棟大樓也跟著倒塌。

「——哦？居然擺出防守架勢……那麼我可以認定剛才那一擊或許會對你造成致命傷囉？」

十六夜的聲音迴響著。令人驚訝的是，他居然沒有受傷。雖然外表有些灰頭土臉，但完全沒出現致命傷。然而他的表情卻產生了戲劇性的變化。

輕浮的笑容裡帶有從容，眼中也開始浮現愉悅的神色。

「很好很好，太棒了！你真的非常有一套！我有多久沒像這樣熱血沸騰了……？哈哈，因為實在相隔太久了，我還真的完全想不起來！不愧是自稱神明大人的傢伙！連追加關卡也有趣得不同於一般——！」

轟！十六夜如同砲彈般往前急速奔馳，腳下的車道也如隕石坑般下陷。反應又慢了一拍的「十字架男爵」被十六夜一把抓住脖子，接著被重重甩向地面。

「嗚……！」

之後又遭受到追擊的一踹，讓他整個人被打飛了出去，貫穿了十二棟大樓。

十六夜站在屋頂上，攤開雙手。

「——打個徹底吧！我要求你陪我徹徹底底地好好玩一場，神明大人！為了我準備的特別舞台，為了我準備的追加關卡……還有金絲雀為了我準備的代理人！既然如此，你的工作應該就是得持續配合我，直到我玩膩為止！」

「十字架男爵」從瓦礫堆中起身。

他整理了一下燕尾服，重新戴好圓頂硬禮帽，滿臉笑容地回答：

「很好，如果你如此期望……那我就以『主辦者』代理人的身分，徹徹底底地來當你的對手吧。」

只是——他頓了一下。

「這遊戲已經是我的遊戲，萬一下手太重殺了你……也別怨恨我啊，少年——！」

他張開雙臂，讓如同蒸騰熱氣般搖晃的黑暗往四面八方擴散。

當「十字架男爵」正在解放他身為死神的力量時……十六夜找了個空檔，把視線移向手上的數位電子錶。

「……嗯，傷腦筋……這下來得及嗎？」

他以不會被任何人聽到的音量低聲說道。

這段低語才剛剛如同泡沫般消失，兩人立刻展開了激烈交戰。

*

——「Underwood 地下都市」，宿舍瓦礫前。

現場的瓦礫回收作業早已開始。巨人們的突擊結束後已經過了一小時，考量到必須在前夜祭期間完成重建工作，想必每分每秒都很可貴吧。

或許該感謝南區居民們擁有寬大的胸襟，才會在如此忙碌的情況下仍舊願意幫忙耀的請求。

然而一看到耳機的殘骸，飛鳥立刻表示：

「放棄吧。」

「……呃……要不要再努力一下？」

「不可能呀。從物理學上的角度來看，根本不可能恢復成原來的樣子。與其試圖修好耳機，還不如往討好十六夜同學的方向來思考吧。」

飛鳥已經放棄耳機，提案尋找其他方法。

雖然耀無論如何都想修好耳機……然而世事並非總能那麼順利。

如果只是耳墊或頭帶分解那也就算了，問題是外殼已經完全成了碎片。要靠她們兩人修好根本是不可能的任務。

「可是……妳說要討好十六夜……該怎麼討好？」

「這個呢，我想第一個選項……就是把食兔草和黑兔湊成一整套，然……」

「後想怎麼樣呢！這個傻瓜！」

啪！紙扇從背後發出攻擊。

耀睜大雙眼吃了一驚。

「這真是很棒的提案！」

「要裝傻也得適可而止吧！」

啪！紙扇再度掃過。

看來黑兔已經和仁以及傑克他們一起從莎拉那邊回來了。

仁手中還抱著垂頭喪氣的三毛貓。

「真是的……耀小姐！我們已經從三毛貓先生那邊得知詳細的情況！為什麼您不願意和人家商量一下呢！」

「呃……因為……巨人族來襲所以根本沒空講那種事……」

「人家不是指那件事！是指能參加收穫祭的日數！如果您肯找人家商量，人家和十六夜先生……還有飛鳥小姐一定都會讓耀小姐您優先參加！可是為什麼您卻偏偏不肯來找我們談呢！」

黑兔抓住耀的肩膀把她整個人搖來晃去搖來晃去搖來晃去搖來晃去搖來晃去搖來晃去搖來晃去地追問著。耀覺得自己簡直快腦震盪了，不過現在沒有空顧及這些。

「可……可是……已經講好要用遊戲來決定……」

「遊戲再怎麼樣也只不過是遊戲！我們是住在同一屋簷下，有福同享有難同當，而且在同一旗幟下並肩作戰的同志！既然有煩惱，首先應該要找我們商量才合理！更何況……耀小姐妳居然煩惱到了要在戰果上動手腳的地步……！可是人家卻完全沒有察覺到……！」

耀和飛鳥猛然一驚，看了彼此一眼。

接著兩人的視線自然而然地雙雙朝向傑克。

「傑克……是你……」

「呀呵呵……前來這裡的途中，我和黑兔聊了一下……看樣子那似乎是不該洩漏的事情呢。」

他搔了搔自己的南瓜頭。

黑兔含著眼淚望著兩人。

「傑克先生告訴人家……上次『Will o' wisp』舉辦的恩賜遊戲，是由兩位共同破解。而且明明那是一場由他們落敗的遊戲，然而傑克先生卻依然非常自豪地表示……兩位展現出非常了不起的協力合作，讓他受益良多……」

「…………嗚……」

黑兔這殷切的語調讓兩人無言以對，雙雙低下頭去。

——沒錯，收穫祭前由「Will o' wisp」舉辦的遊戲，是由耀和飛鳥兩人一起參加。那個能夠儲存火焰的燭台，是兩人一起贏來的戰果。

飛鳥先按捺不住，往前一步開始辯解：

「不……不是那樣啦，黑兔！是我主動和春日部同學提起要那樣做……！」

「不是，飛鳥是因為看到我在煩惱，所以才為我擔心……」

「……不，讓兩位必須如此費心，人家也有責任。都是因為人家的過度期待，才會造成和兩位之間的小小隔閡，真的……非常對不起。」

三人以三種態度表示著歉意。

依然抱著三毛貓的仁走向耀的身邊，歪著頭發問：

「耳機已經不行了嗎？」

「……嗯……真的……很對不起……」

「不，既然已經壞了那也沒辦法。如果無法修理，那麼只能採取別的方法來解決。我有一個替代方案，各位是否願意聽我說明一下呢？」

聽到仁這番唐突的發言，耀驚訝地抬起頭。她恐怕根本沒有預料到仁會提出方案吧。

然而正當這個時候，用來通知緊急狀況的鐘聲卻響遍了「Underwood」。

一名樹靈少女從形成網狀花紋的樹根上跳了下來，對著眾人大叫：

「大事不好了！巨人族率領著過去從來不曾出現過的驚人大軍……開始對『Underwood』展開強攻了！」

——緊接著，讓地下都市為之震撼的地鳴聲響遍周遭。

＊

爬上樹根後，耀等人發現「一角」和「五爪」的成員們已經呈現半毀滅狀態。明明警戒的鐘聲才被敲響沒多久，這短暫的時間內到底發生了什麼事情？

一行人正在驚慌失措，格利就刮著旋風，從半空中降落。牠大概經歷過相當激烈的戰鬥吧，自豪的翅膀在重重戰役後顯得非常凌亂，後腳還受到了相當深的刀傷。

在耀身邊落地的格利面無血色地對著她急急開口：

「耀……！正好！妳現在立刻帶著同伴們逃吧！」

「咦？」

「他們的主力中有個怪物！和之前的傢伙們根本完全不同！在這樣下去將會全滅！你們快逃往東邊，去請白夜叉大人提供救援……！」

正當格利還在激動大叫時，撥動琴弦的樂音響起。

對這音色有印象的耀猛然抬頭。

（這樂音……和起濃霧那時一樣……！）

雖然耀回想起先前戰鬥的情況，然而對方並沒有讓她來得及把這情報傳達出去。

撥動琴弦的樂音又接二連三地響起，每一次都讓最前線的同伴紛紛倒下。即使是遠離聲音來源的耀他們，也差點失去意識。

「是那傢伙……！負責監視的警衛就是被那個琴聲奪走意識，才會讓對方兩次奇襲都能成功！雖然現在有一位戴著面具的騎士幫忙支撐著戰線，但也不知道能維持多久……！」

耀和黑兔翻譯了格利悲痛的發言。

一聽完這段話，傑克立刻訝異地開口：

「戴著面具的騎士………？難……難道是斐思・雷斯也去參戰了嗎？」

「這……這下不妙呀傑克先生！萬一那傢伙有個三長兩短，『萬聖節女王』可不會坐視不管！我們也立刻去幫忙她吧！」

傑克在麻布上點火召喚出巨大的地獄烈焰，愛夏則跳到他身上，一起奔向最前線。剩下來的耀等人再度向格利詢問目前的戰況。

「……就連戴著面具的人也無法打贏那個彈奏豎琴的巨人嗎？」

「正確的講法是她也很難出手。那個樂音越是靠近，效果就越強。昨天莎拉大人似乎也是被那音色限制住了實力。根據以上判斷，那東西想必是神格級的恩賜。」

「神格…………那，戴著面具的人跟彈奏豎琴的巨人現在呢？」

「之前雙方都有一起加入戰局，但是彈奏豎琴的那個傢伙已經不見了。戴著面具的騎士一邊忍耐著這樂音一邊應付戰鬥……還有，豎琴的主人並不是巨人。」

「咦？」

「對方的身高和你們差不多，是一個用身上長袍遮蓋住臉孔的人類。根據巨人族服從其指示的情況來看，或許那傢伙就是指揮者。」

格利發出低吼般的聲音。這段期間，巨人族也一波波地不斷進攻。

遠處則傳來巨人們的吼聲與幻獸臨終的慘叫交織而成的聲響。

「……而且不只那傢伙而已，從空中確認後，巨人族的數量超過五百隻，是過去從來不曾出現過的龐大軍隊。既然負責戰鬥的『一角』和『五爪』已經陷入毀滅狀態，那麼……」

「…………嗚……」

得知比想像中更嚴苛的狀況後，耀一時講不出話來。連面對一隻巨人都束手無策的她，實在無法想出更好的作戰。即使要幫忙翻譯，也因為內容過於悽慘使得她不知該如何解釋。

因此黑兔代替她對飛鳥和仁做出說明。於是仁就往前走了一步，講出讓眾人意外的發言：

「沒問題，我有個辦法。」

「……咦？」

「不久之前，我拿到了由『Thousand Eyes』送過來的恩賜。如果巨人族是凱爾特的後裔，那麼這個恩賜應該能在一瞬間就讓敵方的戰線陷入混亂。」

「真……真的嗎？」

「是的…………但是，光是這樣並不夠。如果沒有解決操縱豎琴的施法者，只會讓同樣的情況再度上演。為了避免施法者逃走……耀小姐，我們需要妳的力量，請問妳願意提供妳的力量嗎？」

仁對著耀發問。

耀眨著眼睛很是驚訝，但立刻皺起眉頭。

「……這意思是要把關鍵場面讓給我？」

「不是。如果我的預料正確，應該會陷入需要耀小姐力量的狀況。而且這是只有妳才能達成的任務。」

仁目不轉睛地回望著耀。在這個視線下，懷疑仁是不是因為同情而將出風頭的機會讓給自己的想法也消失了。

「……我明白了，告訴我作戰內容。」

＊

——兩人都把建築物的側面當成踏腳處，雙雙往後跳開。

這一剎那，原本被他們踩在腳下的大樓因為衝擊力而整個炸飛。

在強烈的踩踏之下，最後一棟建築物發生了爆炸，伴隨著瓦礫揚起大量煙塵，逐漸坍塌崩毀。

十六夜和「十字架男爵」雖然都頻頻喘氣，然而彼此都沒有外傷。

一邊是無論何種攻擊都全然無效的十六夜，而另一邊則是不管任何傷勢也能瞬間痊癒的神靈。

兩人之間的戰況演變得越發激烈，但是相反地卻完全陷入了拉鋸狀態。「十字架男爵」拉了拉圓頂硬禮帽，以一副極為困擾的態度，張望著周圍的廢墟。

「哎呀哎呀，原本這是隔離出一部分境界來製造出的舞台，但沒想到三兩下就已殘敗不堪。話說回來，你的身體到底是怎麼回事？明明我已經對你施加了猝死的詛咒，為什麼你還能活著？」
「好問題，我自己也想知道。」
十六夜隨隨便便地回答。實際上，對於把詛咒反彈開來的事情，他本身反而最為吃驚。然而他回話的語調之中，卻不再帶有先前的興奮情緒。
感到訝異的「十字架男爵」為了讓遊戲氣氛更加熱絡，提出了一個建議：
「怎樣？待在這種瓦礫堆裡應該提不起勁吧？如果你希望的話，我可以重建一個舞台。這次可以來蓋一個有高山有深谷有地獄的壯觀舞……」
「不，已經夠了。」
——什麼？「十字架男爵」驚訝得閉上了嘴。
十六夜看了看手錶，然後閉上眼睛直接把頭往上仰。
「17:58……時間已經用完了，巴隆．克洛亞。雖然沒辦法徹底打倒你讓我很不甘心，不過我已經不需要更多的追加關卡了。」
「……哦？你已經滿足了嗎？」
「所以我剛剛不是先說過我很不甘心嗎！你可不可以仔細聽別人說話啊？」
十六夜狠狠咂舌，不過其實他並非打心底感到不甘心。
他張開雙手，仔細回想今天經歷過的一切。
「……你是生與死的神靈，擁有的神力可以帶來死亡，也能夠讓死者復活。甚至連世間一般廣為人知的殭屍也起源於你。沒錯吧？」

「哎呀呀這個嘛……你的知識的確頗為淵博嘛。你說得沒錯。」

「換句話說，你認為即使因為我挑戰失敗遊戲結束而害得小鬼們死掉，你也只要讓他們復活就好，對吧？」

「…………嗯，我不否定。」

「不過就是這點讓我很不爽……人類是一種被砍被打或是被擊中就會死掉的生物。正是因為有這個事實，至今為止我才能維持住我的自制心。結果現在卻告訴我被砍被打被擊中後死掉可以再復活？哼！萬一親眼目睹到那種像垃圾一樣的程序，只會讓我從明天開始越來越難以控制自己。」

所以，已經夠了。

聽到十六夜發表這種贏了就跑的宣言，完全不掩飾失望反應的「十字架男爵」開口嘲笑他。

「哎呀哎呀……什麼自制，還真不像是你會說出口的言論。自身的愉悅才正是你為了活下去而不可或缺的動力來源，而且應該也是對我們這種快樂主義者來說，絕不可以失去的活性劑吧？況且『率直面對感動』應該是金絲雀教導你的第一個概念吧？」

「…………」

十六夜沒有反駁，只是閉上眼睛。

接著他直接仰頭朝向封閉的天空，張開雙臂。

「……哼！原來你並不如傳承中那麼全知。」
「嗯？也是啦。我是從精靈升級而成的神靈，還沒有到達全知的領域。」
「看來是這樣。所以你也不明白金絲雀那句話的真正意義。」
什麼？「十字架男爵」詫異地反問。
十六夜重新面對前方，繼續伸長雙手，以周圍崩壞的建築物來舉例。
「你仔細看看這些成了殘磚碎瓦的建築物。只要我有心大鬧起來，只消短短幾分鐘，就可以讓人類社會支離破碎。這種狀況下我連偶爾想發洩一下都不行。而面對這樣的我，試圖化為鎖鏈來束縛住我的話語，就是『率直面對感動』這句話。」
「…………」
「『率直面對感動』——沒錯，那傢伙不管去哪裡，都會對我說同樣的事情。她帶著我遍遊大陸，廣渡七海，四處參觀世界遺產，並和我分享多不勝數的感動——她將感動灌輸給我，讓我不會去破壞世界。」
為了避免十六夜的力量破壞了這個世界。
金絲雀藉由讓他見識到所有美好事物的做法，來封印住十六夜的力量。
「……嗯，總之就是這麼一回事。就算再怎麼有趣，我也不需要可能會破壞我身上限制的事物。因為無論是明天，還是後天……我的生活依然會在這個世界裡繼續下去。」
這大概就是喜歡上就算輸了吧～？十六夜面露苦笑，再度看向天空。

然而「十字架男爵」卻受到了難以估算的衝擊。

藏在單邊眼鏡後方的眼裡第一次浮現出動搖的神色，甚至還讓十六夜覺得他總算開始正視自己。

「……十六夜小弟，你喜歡這世界嗎？」

「嗯，非常喜歡。至少喜歡到能夠接受自己一輩子擺爛過下去的程度。」

十六夜率直地立刻回答，他的眼裡並不包含羞恥、誇飾、害羞、狂妄等種種情緒。

「十字架男爵」嘆了口氣，用單手壓著圓頂硬禮帽自言自語了起來。

「……是嗎，金絲雀真的讓你這個最高等級的異端分子……適應了這個世界。」

「沒錯，原本是個麻煩製造機的逆廻十六夜，到現在甚至已經成了一個能讓素來被評價為『睿智』的神靈『克洛亞·巴隆』都為其打包票的社會適應者。為了留念，我還希望你真的發一張承認書給我呢。」

十六夜哇哈哈笑了。雖然是個無憂無慮的笑聲，現在聽起來卻極為空虛。

「十字架男爵」已經識破，在這彷彿戴著面具（persona）的笑容背後，藏著早已失望消沉的內心。

他把圓頂硬禮帽往下拉遮住臉孔——內心做出強烈決心後才又抬起頭。

「——不過那樣是不行的，十六夜小弟。」

「什麼？」

「我直到現在才理解，金絲雀設下這場最終遊戲的真正含意，也理解到我該如何讓遊戲落幕！金絲雀留下的那個封印……就算必須使用強硬手段我也一定要解開——！」
他拿下圓頂硬禮帽隨手拋開，接著指向球體世界的中心。
下一瞬間，球體世界就發出了地鳴聲並開始急速收縮。
這個被封閉的世界裡根本無處可逃，十六夜驚愕地開口：
「你……你打算做什麼……！」
「我要讓這個模擬境界進行收縮並回歸虛無。那樣一來就沒有主辦者也沒有參加者！如果你想得救，就只能破壞我或這個世界本身，別無其他選擇！」
「十字架男爵」展現出強烈的決心。
十六夜感覺到緊張的情緒竄過自己的背脊。

＊

耀按照被告知的作戰內容，來到上空等待仁的暗號。
高度約是一千公尺，甚至凌駕了巨大的「Underwood」。
她爬升到不會被敵人發現的位置，等待混亂發生的那一刻。
擁有鷹眼的耀雖然可以將下面的情況看得一清二楚，然而巨人族應該沒有辦法對她出手吧。

（要發動奇襲，這是最佳的位置。如果仁推測的混亂情況真的發生……）

耀靜靜地窺探著機會。平常這種重要任務應該會交給十六夜吧？不過他根本不會發動什麼奇襲，而是會趁著敵方陷入混亂，直接從正面突破。

奪下無論是誰都無法模仿的戲劇性勝利後，他一定會哇哈哈地放聲大笑。

「…………」

如果我成功達成這個作戰……也能夠像他那樣，滿心得意地大笑嗎？

想到這裡，耀雙手扠腰，挺起單薄的胸膛。

「——哇哈哈哈哈哈哈哈哈哈哈哈哈哈哈哈哈哈哈哈哈哈哈哈哈哈哈哈哈嗯還是不行。」

因為這行為比想像中還要丟臉，因此她笑到一半就放棄了。無論多麼興奮，自己絕對無法那樣大笑。

雖然耀隻身待在沒有其他人在場的高空中，依然因為覺得很丟臉而面紅耳赤。她從本性上就不適合做這種行為。

耀換了個情緒集中在作戰上。待在上空，讓她也清楚地看見了那些被巨人逐一打倒的幻獸們。

……說不定，她本來也有機會和那些幻獸成為朋友。

這樣一想，耀就感到有些悲傷。

*

這段期間，仁和其他人正在試圖盡量靠近前線。他們搭乘於格利的背上，一直持續低空飛行，並鑽過巨人與巨人之間的縫隙往前移動。

「話說回來格利先生的騎師怎麼了呢？」

「在之前的戰鬥中摔下去掉進河裡，後來被沖走了。」

「這……真是抱歉。」

「沒什麼，不必擔心！我的騎師可沒有脆弱到光這樣就會死！」

格利彎著鳥喙笑了，現在牠的韁繩握在飛鳥的手中。

飛鳥的發言不但能夠支配對方，甚至還可以引發出對象的潛在力量。

收到「迅速並巧妙地往前飛」這種命令的格利，現在正輕鬆地閃過巨人族的大劍與鎖鏈，在戰場上急速前進。對於自己居然能以比平常更優雅的姿態騰空翱翔，讓格利非常驚訝。

「飛鳥的恩賜真了不起……！感覺彷彿是直接提高了我的靈格本身！」

「是……是那樣嗎？」

「嗯。與其說這是能引出對方潛在能力的恩賜，倒不如說是讓自身靈格暫時累加到對象身上的恩賜。畢竟如果只有我，絕對不可能像這樣找出巨人們之間的空檔，趁隙前進。」

「原來如此」，黑兔也理解地點了點頭。

根據剛剛的理論，也能解釋為什麼飛鳥的恩賜很難對那些靈格在她之上的對手發揮效用。

而且還聽說她之前也曾經讓仁提昇了身體的運動能力。

（不過如果真是這樣……飛鳥小姐的能力與其說是恩賜……反而更像——）

「仁弟弟！這附近可以嗎？」

飛鳥壓著隨風飄揚的長髮，確認仁的意見。

仁雖然緊張得全身僵硬，依然確實地點了點頭。

「是的，既然已經如此深入敵陣——」

「嘎吼吼吼吼吼吼吼吼吼吼吼吼——！」

一行人才剛停止移動，立刻有一把巨大的大劍襲向他們。然而黑兔從格利的背後跳出，以「模擬神格．金剛杵」的藍色閃電燒死了巨人。

「請您放心，仁少爺！人家絕對不會讓任何一隻違法亂紀的巨人族靠近！現在正是使用您繼承的恩賜——『精靈役使者』的最佳時機！」

黑兔的聲音在戰場上迴響著。

就像是在回應黑兔的鼓勵，仁高高舉起戴著「Grimm Grimoire Hameln」戒指的右手。

「依循隸屬的誓言，再次現身於世吧——『黑死斑神子』————！」

下一瞬間，一股漆黑之風狂掃戰場。

這股如生物般蠢動，又宛如不祥獲得實際形體的黑風在轉眼之間就吹過整個戰場。召喚的圓陣中描畫出吹笛小丑的旗幟，讓陣陣黑風往中心點壓縮。

不久之後，逐漸變化成人型的黑風就釋放出先前被壓縮的所有空氣，引起爆炸。

爆炸中心綻放出呈現黑白斑點狀的光芒，而從光芒內側現身的人物——

「————妳逃到哪裡去了白夜叉～～～～～～～～～～～～～～～～～～！」

卻怒吼著那個行事亂七八糟，但和戰場毫無關係的神的名字。

接著只使出一擊，就一口氣打倒了一百隻巨人。

飛鳥一瞬間有點傻眼，但立刻就察覺到仁召喚出了什麼。

「等……等一下！新的恩賜就是『黑死斑魔王』嗎？」

「ＹＥＳ！因為她已經和哈梅爾的魔道書分離，所以不再具備神靈的身分，不過毫無疑問仍舊是極為強大的戰力！」

「而且她——珮絲特擁有操縱黑死病的能力！如果傳承正確，她的力量對凱爾特的巨人族應該具備超群的效果……！」

沒錯，這就是仁的意圖。

——在凱爾特諸神話中，記載著關於巨人族的軼事。

在其中一部分名為「達努神話」，記錄巨人族鬥爭的史實當中，曾經出現「藉由操縱黑死病來支配其他巨人族」的說法。

「操縱治療方法尚未被確立的病症」——可說是最強悍、最邪惡的支配體系之一吧。

更何況珮絲特操縱的黑死病還有八千萬的死靈作為後盾。

仁就是打算依循傳承，利用珮絲特的力量來製造巨人族的混亂，但——

「給我出來！給我出來！快點給我滾出來啊白夜叉…………！居然敢讓原本身為魔王的我穿上那麼多下流又不要臉的服裝……！」

「嘎吼吼吼吼吼吼吼吼吼吼吼吼——！」

「吵什麼！沒用的東西！」

珮絲特怒斥一聲抬手一揮，施放出的衝擊波就發出怨恨之聲並掃倒巨人族。這一瞬間黑風的密度稍微降低，讓珮絲特的身影在眾人面前出現。

雖然只是閃過短短一下，但仁、飛鳥和黑兔同時都懷疑起自己的眼睛。

「…………那是女僕服吧？」

「…………的確是有著滿滿花邊的女僕服。」

「白夜叉大人……」

黑兔為珮絲特流下了一掬同情的淚水，她應該已經察覺出珮絲特如此憤怒並失控狂擊的原

因吧。

雖然乍看之下她似乎不分青紅皂白地隨意攻擊，然而實際上隸屬卻似乎進行得頗為順利。

證據就是被黑風波及的「龍角鷲獅子」成員們依然無傷地繼續作戰。

相較之下直接受到攻擊的巨人族則全身浮現出黑白斑點，一個接著一個倒下。

——仁的恩賜「精靈役使者」，是一種可以讓靈體種族隸屬於自己並差遣他們的恩賜。

和飛鳥的恩賜不同，「精靈役使者」不但只能對特定的種族發揮效用，而且如果先沒有締結隸屬關係就無法發動，然而卻能對自然靈也發揮出微弱的效果。

例如操縱火靈引起火（花）。

操縱風靈吹起（微）風。

操縱水靈產生水（蒸氣）等等，可說是也具備了多彩多姿的另一面。

再加上一旦締結契約，支配力就極為龐大。

就算成功讓魔王隸屬於自己，如果主人像「Perseus」的盧奧斯那般不成熟，魔王的力量就會因此大幅減弱。然而只要擁有「精靈役使者」這項恩賜，那麼不論自身的靈格高低，即使面對魔王也能夠徹底支配對方。

激怒的珮絲特順利地打亂了巨人族的戰線，一一殲滅敵方。

接下來正如預料，傳來撥動琴弦的樂音。和前次戰鬥相同，濃霧逐漸籠罩周遭一帶，徹底奪走眾人的視力。

仁等人因為成功將戰況導向原本期待的狀況而鬆了口氣，接著祈禱般地抬頭望向天空。

「耀小姐……接下來就靠妳了。」

＊

在濃霧發生之後，耀握緊項鍊注視著下方。

她豎起耳朵，發射出如同聲納的超音波，探尋著琴音來源的位置。

（這個濃霧和琴音會造成視覺、嗅覺和聽覺混亂，不過既然原本是音波，應該能靠著這方法來探測出對方的位置。）

對，這就是只有耀能辦到的探索方法。使用這個方法，即使距離感受到干擾而產生錯覺，依然能夠藉由音波相碰而掌握出敵方的正確位置。

如果說有什麼問題，就只有耀身處上空距離過遠，多多少少都必須修正位置。

（……！找到了！）

察覺到對方之後，耀解放「生命目錄」的力量，彷彿化身為流星，直線往下墜落。她以如同穿針引線般的精準度，朝著豎琴音色的來源前進。

一個以長袍遮蓋住面孔的敵人手中，抱著擁有豐饒和天候神格的「黃金豎琴」。

就算無法打倒對方，但只要能奪走那個豎琴……！

「就是現在——！」

耀突破濃霧，往下飛行。正在逃亡的敵人看到耀突然從視線範圍外出現應該感到措手不及吧？以滑翔般動作飛舞的耀就這樣從對方手中奪走了「黃金豎琴」。

接著在對方出手迎擊之前，她就逃往上空，將自己贏來的戰果緊緊抱在懷中。

而在同一瞬間——巨人族和「Underwood」的戰爭分出了勝負。

*

這段時間內，發出地鳴聲的球體繼續收縮，世界越來越小。

互相推擠的大地傳出如同哀號的聲音，宛如大陸板塊產生扭曲並逐漸吞沒了一切。

十六夜雖已恢復冷靜，但依然無法推測出「十字架男爵」內心的真實想法，只能瞪著對方發出低沉的吼聲。

「……你的目的是什麼，克洛亞・巴隆……！再這樣下去連你自己也會……」

「沒錯！逆迴十六夜！生死的境界一旦關閉，就再也無處可逃！我們兩人都會被境界的裂縫湮沒並消滅！如果想要得救，就只能靠你的力量撕裂這個世界！」

「十字架男爵」攤開雙手，對著十六夜強烈訴說。

十六夜狠狠咋舌，高舉起拳頭。他聚集了從小指尖端到其他五根手指的全部握力，再加上旋轉腰部獲得的扭力，揮拳攻擊。

埋在瓦礫下的鋼筋和水泥因為十六夜揮拳帶來的熱度和衝擊而被壓扁，製造出巨大的坑洞。雖然這坑洞就宛如一個乾枯的湖泊，卻被繼續收縮的大地吞沒，消失得無影無蹤。

「你的實力不只這個程度吧！逆迴十六夜！你打算和金絲雀共赴死亡之國嗎！那應該不是你的希望！如果你不想死，就讓我見識一下未知的領域！」

「嗚……！」

收縮吧！

收縮吧！

彷彿急著收縮的大地發出咯吱聲彼此碰撞競爭，不久之後就因為收縮而使得高度減少，甚至連天空往下堆積成山的瓦礫都幾乎要與地面往上層積聚集的瓦礫堆互相碰撞。

轉眼之間天空已經失去高度，似乎隨時都會墜落。

十六夜雖然多次揮拳，然而他的破壞力根本就不足以打破這個被封閉的世界。

「你心裡明白嗎！要是你就這樣敗北，當然孩子們也都會死！這樣你也無所謂嗎？」

「——嗚……你這個眼鏡混帳！」

十六夜以咬碎臼齒般的力道狠狠咬牙，提昇兩臂揮動的速度，但依然尚未找出活路。

一而再再而三揮拳之後，終於連十六夜的拳頭也碎裂流血。

「十字架男爵」似乎終於失去耐性，他放聲大叫：

「你這個蠢蛋！連星星都無法打碎的攻擊，怎麼可能破壞『諸神的世界』呢！」

「那你到底要我怎麼樣啊！你這個眼鏡混帳！」

「就如我剛剛所說！使出打碎星星的一擊！只要你使用恩賜，要離開這裡並非難事！」

聽到這超越想像的要求和陌生的名詞，讓十六夜大吃一驚。

「……恩賜……？」

「沒錯！你現在使用的力量，只不過是最上層的表面部分而已！」

聽到「十字架男爵」的建議，十六夜望著自己的雙手。

「你說我的力量……只不過是表層部分而已……？」

「沒錯……！只要能應用在你體內沉眠的力量，一定能打破『諸神的世界』……！」

從十六夜的態度獲得正面反應的「十字架男爵」嘴邊浮現出淺淺的笑容，就像是在挑釁般地張開雙手。

「……我說過了吧，讓我見識一下未知的領域。而且你應該已經明白了，你逆廻十六夜本人才是比這世上所有一切事物都更為神祕的集合體。那麼，如果你沒有在這個『諸神的世界』裡運用出蘊藏於最深層的奇蹟……就會永遠失去機會！」

「…………………」

十六夜雖然連冒冷汗，但情緒卻再度高昂了起來。

——除了降生於世那時的第一道哭聲，他從來沒有機會使出全力。對於十六夜來說，現在的世界就是如此脆弱又夢幻的棲身處。

然而現在，對方卻告訴自己可以毫不保留地使出全力，甚至還說可以使用連十六夜本人都不清楚的未知之力。

（……體內沉眠的力量……）

十六夜感受著胸中的高昂感，無意識地高舉起右手。接著正是因為自己下意識做出這個動作而讓他察覺到。

想引發出他逆廻十六夜的力量，這就是最好的架式。

「就是這樣……你還無法完善運用自己的恩賜吧？那麼現在就不顧一切地揮拳就對了。」

身上燕尾服隨風飄盪的「十字架男爵」攤開雙臂，凝視著十六夜。

「接招吧……克洛亞．巴隆！」

這一剎那，十六夜手中出現了一束光，並撕裂了天地。這道光線極為輕鬆地貫穿了依然持續收縮的世界外殼，也彷彿支撐著這即將毀滅世界的一根支柱。

十六夜親手撬開了這正邁向自滅之路的封閉世界，從生死境界之中脫身。

終章

——「Underwood 地下都市」，新宿舍。

隔天早上。出來迎接耀以及其他「No Name」成員的人，就是那個戴著面具的女性。

已經將敵方反濺到自己身上的鮮血全部清理乾淨的她今天依然身穿散發出沉穩氣質的純白鎧甲，以洗練的舉止等待著眾人。傑克張開雙臂，呀呵呵地笑著為其他人介紹。

「她就是獲得『萬聖節女王』寵愛的騎士——『無臉者（Faceless）』！請各位親切地直接稱呼她『斐思』吧！」

「……是嗎？她就是……」

退在後方的飛鳥以複雜表情望著斐思·雷斯。畢竟飛鳥現在已經得知斐思·雷斯的實力，要她毫無戒心地與對方親近，當然會心生遲疑。

至於和斐思·雷斯第一次見面的黑兔也才看了一眼，立刻切身感受到她與眾不同的氣質。

「原來如此……既然她是『萬聖節女王』的寵臣，那應該是要借用管理世界境界的星靈之力，並召喚出耳機對吧？」

「呀呵呵！正是如此！她是由我等『Will o' wisp』以賓客身分招聘來的新面孔！如果是她，

應該能召喚出替代品！」

聽到傑克這番話，讓耀的表情明顯開朗起來。

不過，她又稍微不安地皺起眉頭。

「可是……要從異世界召喚……費用該不會非常昂貴吧……？」

「呀呵呵！先不論昂不昂貴，正常來說原本應該是會徹底拒絕的喔～不過既然我等預定和你們『No Name』維持長久往來……所以這次呢，就以友情價來成交了。」

「嗯。我已經訂下契約，今後日用品類全都會使用『Will o' wisp』製作的產品。」

「是……是嗎……謝謝你，仁。」

耀對仁展現出鬆了口氣的笑容。

仁慌慌張張地揮著雙手。

「這……這沒有什麼啦！各位對我有簡直數也數不清的恩情！這點小事根本不算什麼……而且，其實還有其他必須克服的問題。」

「……問題？」

「是的。嚴格來說，這次並不是要使用『萬聖節女王』的力量來進行召喚，而是藉由操縱星星運行來改變因果——簡單來說，是要以『耀小姐從一開始就帶著耳機來到箱庭』的形式進行再次召喚。所以如果耀小姐家裡沒有耳機的話，這方法就無法成立……」

仁帶著擔心表情繼續說明。

終　章

相對照之下，耀的眼中卻越來越染上了喜色。

「……沒問題，我家有一個和十六夜的耳機相同廠牌的耳機。」

「真……真的嗎！」

「嗯。而且爸爸說過那是古董經典製品。如果是那個耳機，十六夜也一定會願意原諒我。」

「哎呀？可是那個耳機是春日部同學妳父親的東西吧？擅自拿走沒關係嗎？」

「沒關係，因為爸爸跟媽媽到現在還是下落不明。」

耀乾脆地講出了自己的遭遇。

然而失去雙親的飛鳥卻露出不知道該說什麼的表情，低下頭去。

「對……對不起，我不知道是那樣……」

「不，我自己也沒說過這些……而且……」

耀拿出父親送給她的項鍊，用力握緊。

「我們……三個人都不願意多提自己的事情，所以當然不可能知道。」

「……嗯，妳說得沒錯。」

「所以我想趁著這次把耳機還給十六夜的機會，和他多聊一聊。畢竟是好不容易交到的朋友，我必須自己主動，努力維持這份關係才行。」

耀換上嶄新心情，迎向前方。

「捨棄家族、友人、財產，以及世界的一切，前來箱庭」。

既然自己回應了這封不負責又霸道，然而卻比一切都美好的邀請函。

那麼，就來試著慢慢開始關心周遭吧。帶著在捨棄過去後相對變得輕盈的內心，這次要由自己主動去親近他人——

＊

——當十六夜醒來時，太陽早已西沉。

大概是在閱讀遺書的途中不小心睡著了吧？居然會趴在桌子上流著口水熟睡，這可是十六夜生涯中第一次暴露出的醜態。

「……18:15了嗎？啊～可惡，怎麼覺得肚子餓得要命。」

「喔！那要不要去吃晚餐呀，十六哥？」

鈴華整個人從後方趴到十六夜的背上。她什麼時候偷偷繞到了自己後面？完全沒有察覺到動靜的十六夜心中有些訝異。不過，他當然沒有表現出來。

「下去，鈴華。我要說幾次妳才聽得懂？如果想抱住我，要等到妳至少有D罩杯以後再來。」

「什……什麼嘛！本鈴華小姐預定將來會成為一個前突內縮又後翹的辣妹！趁現在搶先預定會比較划算喔！」

終章

「是啦是啦預定就等於未定，反正妳給我下去。」
十六夜抓住鈴華的後領，把她扯了下去。
鈴華氣沖沖地鼓起雙頰，接著衝出小房間。
「哼～！我才不管十六哥你了！最好在這裡餓死啦！你這個大混帳！」
「不，那可傷腦筋了。晚餐我要吃所以幫我準備一下。」
十六夜打了個大大的哈欠。
鈴華突然收起不高興的表情，以率直的態度凝視著十六夜。
「────……嗯，我知道了。我會等你過來喔，十六哥。」
鈴華不自然地頓了一下之後，才離開房間。
接下來換成那個有著一頭亂髮的眼鏡少年焰走進房間。
「十六哥，你醒了嗎？」
「是啊……等等，怎麼又是那個耳機。」
「嗯。我已經調整並改良過貓耳部分了，這樣應該不會太緊。」
「是喔～？算了，那東西我也晚一點再去拿。現在我要先看完剩下來的遺書，你先去和鈴華一起準備晚餐吧。」
「────……我知道了。你一定要來拿喔，十六哥。」
焰果然也先不自然地頓了一下才動身離開。

目送他遠去之後，十六夜繼續翻看桌上的遺書。

「居然滴著口水睡覺，你好髒啊，十六夜小弟。」

囉唆啦臭歐巴桑！

「別鬧彆扭了。別看我這樣，其實我也是好不容易才鬆了口氣喔。畢竟你無法破解遊戲的可能性也不是0。因此現在像這樣遺書有送到你手上的情況，讓我感到非常高興……恭喜你，十六夜小弟，成功到達這裡後，你終於獲得了權利。」

「…………」

「看你一臉不知道我在說什麼的表情。嗯，現在不懂也沒關係，因為到此為止都算是某種命中註定。不過要用人手來打開大門，總是需要幾次可能性的整合與分裂。這個整合點原本是在極微小的範圍內偶然發生的情況……噢，算了，理論方面的說明就交給克洛亞吧。這裡該討論的問題，是關於那封要交給你的邀請函。」

「邀請函？」

不明白這是在說什麼的十六夜狐疑地歪了歪頭。

接著，立刻有一封信從遺書下方滑了出來。

「那就是邀請函，也是即將改變你的命運，能讓你今天體驗的經歷成為日常生活的信件……不過，即使你沒有打開那封信，依然有可能在這個世界裡得到幸福。你擁有忘記這封邀請函，繼續過活的權利。這世界中，存在著讓你和焰還有鈴華一起生活的溫柔未來。我希望能讓你再度確認這些，所以才安排了這場遊戲。」

十六夜在這個世界裡得到的棲身之處、家人、回憶。

金絲雀就是為了要讓十六夜仔細回顧並比較，才會派出「十字架男爵」來考驗他。

「……妳也派出太誇張的傢伙了，託福，我還真的流了一點冷汗。」

「怎麼這麼沒出息。十歲時的你大概會興高采烈地把對方打個半死吧…………算了，就是我這樣教育你，讓你變得不會再做出那種行為。和傲慢的發言相反，實際上你已經太偏向於常識。甚至到了明明擁有如此超越常理的能力，卻依然能夠和世界找出妥協點的地步……所以我認為應該要讓你擁有選擇權。我想無論選擇哪一邊，必定都會留下遺憾。所以最後的選擇，應該由你自己親手決定。」

「…………」

十六夜默默地翻向下一頁。

「如同前述，你在這個世界裡也有可能得到幸福，我可以保證。

但是只要打開那張邀請函，這份保證就會完全消失。

想必會有許多苦難等待著你。

也會碰上許多遭受屈辱的情況。

然而，或許你將會拯救數量遠超過你掌握的人們。
……所以我希望你好好思考。
如果你能下定決心捨棄家族、友人、未來，以及世界的一切——那麼你就打開那封信吧。」

遺書到這裡結束，沒有留下任何道別的隻字片語。
對於金絲雀來說，當初天人永隔時就已經和十六夜互相道別了吧。
十六夜拿起那封邀請函，再度確認遺書的內容。
「……意思就是說，打開這封信以後我就再也回不來了吧？」
當然沒有回應，然而十六夜卻十分肯定。
——很久以前參觀戰場那次，她曾經對自己說過，如果想去戰場，那就要基於自己的意志，靠著自己的雙腳前往。那肯定就是為了現在這一刻而事先告知自己的發言。
雖然在這份長達六百頁以上的龐大遺書中並沒有提到，然而十六夜依然察覺出金絲雀那感慨萬千的心思。
「……哈！其實也不是需要考慮這麼多的事情嘛！」
為了避免沉浸於感傷之中，十六夜放棄一切思考。
——沒錯，今天碰上了有趣的經歷。
而且金絲雀還保證明天、後天……這種情況都會繼續下去。既然如此，自己當然沒有理由拒絕。

十六夜從桌前起身，把手伸向邀請函的封口。

行動之前，他轉頭看了看房門。

「——再見啦，鈴華、焰。」

接著他緩緩打開封蠟，閱讀裡面的內容。

*

一行人沿著「Underwood」的螺旋樓梯往上走，接著爬上呈現網狀花紋的樹根，到達位於河畔的地面。那裡有一個由斐思・雷斯事先準備，描繪著「黃道十二宮」的圓陣。

「居……居然要使用黃道之門……沒想到如此正式，但是妳真的能確實掌控嗎？」

「…………」

斐思・雷斯只以嘴角的一絲淺笑回應。雖然她比耀還沈默寡言，但看來相當有自信。

她讓耀在十二宮圓陣的中心坐下，拿出一把刻有「萬聖節女王」旗幟的劍。接著太陽的光線就讓描繪在地上的十二宮記號開始發光。

旁觀儀式的飛鳥為了紓解緊張，開口對黑兔發問：

「那個，黑兔。為什麼萬聖節和太陽還有『黃道十二宮』有關係呢？」

「呃……萬聖節原本就是指將一年內的太陽週期區二分化而進行的祭典儀式。而正好在週期切換的時候，異世界的境界也會跟著崩毀。」

黑兔解釋完後，仁也從旁救援，接口補充說明：

「凱爾特民族似乎精通高水準的天文學，甚至還擁有獨自的太陰曆。只是他們擁有何種宇宙論這點尚未解明……而萬聖節就是少數還殘存著他們文化影響的祭典。」

「原……原來如此，那『黃道十二宮』呢？」

飛鳥戰戰兢兢地發問。

仁先刻意地咳了一聲之後，才開始回答：

「所謂黃道是『太陽通過的軌跡』，十二宮則是位於太陽軌道路線上的星座。在箱庭裡，甚至會根據擁有幾個十二宮星座的支配權，來決定對太陽的主權。可說是非常重要的東西。」

「現在進行的儀式，是要利用『萬聖節女王』的力量來打破世界的境界；並藉由『黃道十二宮』的力量來使其安定的複合術式……不過即使借用了『萬聖節女王』的力量，人家還是沒想到人類居然能夠進行召喚……」

和表現出佩服態度的黑兔相反，飛鳥又吸了口氣。

「那個人……是人類嗎？」

「ＹＥＳ。雖然她身上裝備著各式各樣的的武器，但的確是人類。而且還擁有強大的才能，甚至和各位不相上下。看來認定『Will o’ wisp』是北區下層最強的共同體的說法，未必是個錯誤呢。」

是嗎？飛鳥回應著。

另一方面，依然坐在圓陣中心的耀正在拚命提昇自己對耳機的意念。

（爸爸的耳機……爸爸的耳機……）

如果說是要「改變因果」，聽起來似乎規模浩大。然而簡單來說，只是要稍微改變耀被召喚到箱庭來之前的行動，使其和事實略有出入。耀只需要像這樣耗費半天時間來持續想著耳機，其他事情似乎都會由斐思・雷斯來想辦法解決。

（因為還有巨人族造成的問題，今天晚上十六夜就會來到收穫祭的會場。所以我無論如何都必須成功……！）

耀像是中邪般地不斷叨念著耳機，並等待儀式結束。

一段時間過去，當顯示「黃道十二宮」的圓陣呈現出飽和狀態後，耀的意識就回溯到兩個月前——來自箱庭的邀請函剛送到她手上的那個時候。

——那是秋季大雨已經結束的季節。湊巧拿出父親的耳機並戴上之後，我收下了衝進房裡的三毛貓撿回來的邀請函，把手伸向信封的開口處。

雖然臉上面無表情，但我依然有些興奮。因為居然會從半空中掉下來一封寄給我的信件……這種充滿奇幻風格的概念，在現今這個時代裡簡直令人難以置信。
然而當春日部耀正準備拆開這封邀請函的那瞬間，疑問突然湧上她的心頭。
（……如果這時我並沒有打開這封信，會怎麼樣呢……？）
要是就這樣直接把信撕毀，是否就會演變成「春日部耀並沒有前往箱庭」這種情況呢？
如果真是那樣，幾個痛苦的回憶也都會一筆勾銷。
不會被虎人的爪子撕裂。
也不會罹患黑死病，承受瀕臨死亡的痛苦。
更不會因為第一次建立起的友誼關係，而感受到彷彿心臟被揪住般的痛苦——
（……要是留在在自己的時代裡，必定無法體驗到這一切吧。）
一這麼想，就讓耀產生有些自豪的心情。
來到箱庭世界之後，在短短兩個月裡曾經碰上好幾次辛酸的經歷，也曾有過快樂的回憶。
人生的天秤好幾次左右傾斜搖晃，在胸中留下了確切的實際感受。
——過去決定前往箱庭的那個我，做出了正確的判斷。春日部耀帶著自信如此想著，並拆開了手中的邀請函。

＊

「在此告知身負異才，充滿煩惱的少年少女們：
若欲測試自身之恩賜才能，
望君捨棄家族、友人、財產，以及世界的一切，
前來我等之『箱庭』。」

＊

十六夜的視野一口氣拓展開來。腳下的地面瓦解，他被拋向遙遠的高空。
他一邊承受著往下墜落的壓力，同時因為眼前的壯大風景而目瞪口呆。
（這……………………！）
可以看到讓人聯想到世界盡頭的懸崖。
也可以看到甚至會讓人誤判比例尺的巨大都市。
遠遠凌駕十六夜想像的一切，都呈現在他的眼前。
（這裡到底是哪裡…………！）
十六夜一邊以全身承受著掉落帶來的風壓並產生疑問。
這無限往外延伸的未知世界充滿了強勁的生命力，甚至讓「十字架男爵」創造出的模型世界因此完全相形失色。

往下墜落的十六夜看到從未見過的怪鳥飛過自己身邊逐漸遠去的樣子，忍不住放聲大叫。

「這…………這裡到底是哪裡！」

佔滿內心的疑惑終於化為實際語言發洩而出。

接著喜悅感從十六夜的內心深處逐漸湧上。

原本以為絕對無法被滿足的靈魂，現在卻有著某種熱意逐漸注入。

而且還確實感覺到，自己內心深處那應該不可能被填滿的空洞嵌上了最後的碎片——這一瞬間，十六夜感受到自己被最棒且最瘋狂的形式給徹底破壞。

「哈……哈哈……哇哈哈哈哈哈哈哈哈哈哈哈哈！哎呀哎呀真是太誇張了！再怎麼說這一切都實在太不可理喻了呀！臭歐巴桑！」

等十六夜回神時，他才發現自己正一邊往下掉一邊笑得像是發狂。

畢竟，現在也只能笑了。

居然能被召喚到這種自己過去不斷尋找，宛如寶箱般的世界裡，讓十六夜無法抑制打心底想要大笑的衝動。

如果不趁現在好好把十七年以來的份量全部笑完，又要在何時才能消化呢？

十六夜張開雙臂，吼出憑他的肺活量與腹部肌肉所能發出的最大音量：

「再見了，My world！」

終章

午安，New world！

從現在開始……這裡就是我的世界——！」

終於來到符合自身水準的世界了。

胸懷這份感動的十六夜不斷狂笑著。

「哈哈……哈哈哈哈哈哈哇哈哈哈哈哈哈哈哈哈哈呀哈哈哈哈哈哈哈哈哈哈哈呀哈哈哈哈哈哈哈哈哈哇哈哈哈哈哈哈呀哈哈哈哈哈哈哈哈哈哈哈哈哈嘿哈哈哈哈哈哈哈哈哈哈呀哈哈哈哈哈哈哈哈哈哈哈哈哈哈哈哈哈哈嘿哈哈哇哈哈嗚啊！」

嘩啦————！十六夜突然掉進水中，濺起驚人的水柱。

之前一直張著大嘴狂笑的十六夜因為肺部吸進大量的湖水，差一點失去性命。不過才來到異世界就立刻面臨瀕臨死亡的情況，其實算是個好預兆。畢竟這也是十六夜在人生中的第一次體驗。

他在內心決定，自己首要的目標就是要找到做出這種亂來召喚的傢伙，好好「答謝」對方一番。

終章2

——「Underwood 地下都市」，新宿舍。

耀一個人躲在房間角落裡，完全陷入了消沉狀態。

這情況的起因，發生在召喚儀式結束後的河邊。

從耀頭上出現耳機，而飛鳥兩眼放光整個人抱住她的那一瞬間開始。

「好可愛！那個耳機好可愛喔！春日部同學！」

「可……可愛？」

怎麼回事？感到很疑惑的耀拿下頭上的耳機，進行確認。

這瞬間她的臉上立刻失去血色。明明戴到頭上前確實是個普通的耳機，然而現在她手上拿著的耳機——無論看在誰的眼裡，都會認為那是個有著貓耳的耳機。

「為……為什麼……？明明確實有火焰註冊商標，形狀卻改變了……？」

耀一邊隨便飛鳥抱著自己亂跳亂叫，一邊表現出困惑的反應。

其他人也以難以形容的微妙表情凝視著貓耳型耳機。

「要……要把那個貓耳送給十六夜先生嗎？」

「這……這個嘛？是不是該由耀小姐來判斷呢？」
「呀呵呵…………不過，說不定出乎意料地他反而會很高興喔？」
一行人發出不負責任的笑聲，逐漸靠了過來。
結束儀式的斐思・雷斯完全沒有表現出疲勞的神色，只是靜靜地把劍收回劍鞘裡，走向耀之後默默地一直凝視著她。
「…………」
「…………？」
……是怎麼了呢？耀狐疑地歪歪頭。由於對方臉上戴著面具因此連情緒都無法判別，因此耀也只能回望著對方。傑克擔心沉默寡言的兩人恐怕無法順利對話，只能苦笑著介入了她們之間。
「斐思？怎麼了嗎？」
「……我希望可以看一下她的恩賜。」
「咦？」
「召喚時，星星的軌道大幅偏離了我原本預測的位置…………這是我第一次碰上這種情況。如果召喚失敗了，那麼唯一的可能原因就是她持有的恩賜。」
所以希望可以讓我確認一下。斐思・雷斯如此主張。
耀雖然有些困惑，但還是把項鍊——「生命目錄」取下並交給對方。

斐思・雷斯收下項鍊後，放在手掌上仔細觀察。

「…………？這是？」

「我的恩賜，是爸爸做給我的東西。」

「ＹＥＳ！耀小姐的恩賜叫做『生命目錄』，在其他種族和耀小姐建立友誼後，能夠將對方的力量以恩賜的形式顯現！是非常貴重的東西哦！」

黑兔伸直兔耳，替同志感到驕傲。

斐思・雷斯用手輕輕搭著下巴，表現出正在思索的態度。之後又唐突地對耀發問。

「……妳說這個可以讓妳獲得其他種族的恩賜，對吧？那麼這個往內外急速前進的螺旋圖，是否可以解釋為掌管著演化樹呢？」

「……？嗯，大概。」

「……原來如此。」

耀點頭表示肯定之後，斐思・雷斯就像是已經理解般地也點了點頭，然後把項鍊交還給耀。

接著她回過身，以堂皇的態度背對眾人準備離開。然而在她即將離開之際，卻又以彷彿臨時想到的聲調開口說道：

「——就勉強當作是召喚失敗的補償吧……在此提出一個忠告。那個項鍊的能力，並不只是『取得其他種族的恩賜』。」

「咦？」

「意思就是，那個項鍊的任務並不是要摹寫既存的演化樹。而是要從收集到的生命碎片來創造出獨自成長的演化樹，並進行下一道進程——從『目錄』採樣，然後『進化』以及『合成』……這些應該才是那東西原本的任務。」

「咦……呃…………唔？沒想到妳也可以講這麼多話？」

由於無法理解這個話題，耀試圖硬把對話導向其他方面。雖然對她來說已經是在竭盡全力地進行溝通了，然而聽在旁人耳裡只會覺得她是在出言諷刺吧。

雖然無法判斷耀的回應是否讓斐思·雷斯感到不快，但她沉默了一陣子之後，以幾乎聽不清的細微音量開口說道：

「——小心點。因為正常來說，那個恩賜是遠遠跳脫人類領域之物。」

說完這句話之後，她就跳下「Underwood 地下都市」的山崖消失無蹤。留下的眾人望著她的背影遠去，暫時楞楞地呆站在原地。

一陣子之後，黑兔率先回神。

「……結果，耳機的問題還是沒有解決嗎？」

耀「啊！」了一聲。她的手上只剩下貼有火炎標誌的貓耳型耳機——「Crescent moon No.16」。

——在那之後，到十六夜到達為止，放棄修理和召喚的耀等人為了找出可以取代耳機的裝飾品或小道具，前往收穫祭的會場裡四處探尋。然而找到的東西每一個都不怎麼樣，到最後還是以「把貓耳型耳機交給他」這種結論來替這件事做個了結。

（雖然這個耳機也很可愛…………不過要讓十六夜戴上貓耳？）

……果然還是太誇張了。

「唉～」耀在房間角落縮得更小，很疲勞地嘆了一口氣。

三毛貓也一副愧疚貌地跟著嘆了口氣。

十六夜和蕾蒂西亞在不久之後，就會到達「Underwood 地下都市」。

*

——七七五九一七五外門，「Underwood 大瀑布」，弗爾．伯格丘陵。

現在是太陽已經西沉，星星開始閃耀出光輝的時間。

十六夜一到達「Underwood」，就立刻雙眼放光地凝視著眼前的大樹。和北區可說是完全相反的文化和景色讓他感嘆地吁了口氣，從丘陵上方眺望著附近一帶。

「——綠意和清流以及藍天的舞台。哈哈！和北區的石頭與火焰完全相反！這不會完美得有點過頭嗎？不，當然我很樂意接受這種情況！甚至過於開心到了想去好好親近親近的地步！所以說，我可以稍微去親近一下嗎，蕾蒂西亞？」

「可以啊，黑兔他們那邊我會負責說一聲。」
蕾蒂西亞帶著苦笑答應十六夜的要求。
十六夜就像是無法繼續忍耐那般立刻拔腿往前衝，朝著「Underwood」的大樹跑去。
接下來他咚咚咚地輕鬆跳躍，簡簡單單就爬上巨大的樹幹。
到達「Underwood」最頂端後，想要躺下來的十六夜先伸手壓壓水樹的葉子與枝幹，進行確認。
含有豐富水分的葉子被壓平之後就表現出不可思議的彈力，將十六夜的手掌往回推。看來這張由茂盛水樹枝葉形成的床鋪比想像中更為舒適。
「很好很好太棒了，以情境來說真是最上級。要是有什麼食物那就更好……算了，今天只要有星空就好。」
十六夜用力往後一倒躺到樹葉上。雖然多少也產生了想找黑兔問問巨人族情況的念頭……不過今天晚上十六夜有點想要自己一個人眺望星空。
他享受著「Underwood 大瀑布」那磅礡的水聲，同時仰望箱庭的星空。
「……在箱庭世界裡，星星的位置也都沒變呢……」
天津四（Deneb）、牛郎星（Altair）、織女星（Vega）……十六夜伸出手指，描繪出夏季大三角的軌跡。
過去十六夜經常像這樣跑去觀賞星空，但是最近他滿腦子都是周遭的事情。

終　章2

在以前那種枯燥的生活中，根本無法想像到現在的日子。

這也代表現今的生活有多麼充實。十六夜面露苦笑，實際體認到這一點。

（不知道鈴華和焰過得如何……算了，那兩人應該會旁若無人充滿精神地過活吧。）

十六夜稍微甩甩頭，拋去這不適合自己的鄉愁。

這時他聽到背後的枝葉窸窸窣窣地搖晃起來，輕輕回過頭去。

「……黑兔？怎麼了？」

「您還問我怎麼了，正是因為十六夜先生您沒去打招呼，所以人家才來找您呀。和『主辦者』致意可是很要緊的事情喔？」

「別那樣說嘛，視察敵情也是很重要的事情呀。」

「敵情……您是指巨人族嗎？」

「不，我是指這個『Underwood 大瀑布』。」

——咦？黑兔歪了歪腦袋和兔耳。

十六夜在茂盛的枝葉上站了起來，向右轉了一圈環視「Underwood」的景觀之後，感嘆地開口說道：

「這是在南區下層擁有數一數二景觀的水上舞台。雖然魄力和規模比不上『世界盡頭』，不過就算是我，也必須承認這是一片整理得非常美麗的土地…………我說，黑兔。妳不會覺得我們也很想建立起這樣的舞台嗎？」

十六夜帶著毫無畏懼的笑容望著黑兔。

這問題太過唐突讓黑兔一時無法反應，但她理解到這句話的真正意義之後，立刻開口反問：

「換句話說，十六夜先生所謂的視察敵情……是想要以『地域支配者』的身分，來建立出超越『Underwood』的舞台嗎？」

「沒錯，而且這計畫沒有必要僅限於二一〇五三八〇外門。如果我們能讓領地更為增加，可以辦到的事情就會跟著變多，就連恩惠也會變得比較容易收集…………雖然現在還只能進行到整頓好農園和水源設施的程度，不過聽說這個『Underwood』花了十年來達成復興。所以我們首先要在十年內，以這個『Underwood』為目標。因為這個水上舞台的景觀，的確夠格成為目標。」

哇哈哈哈哈！十六夜放聲狂笑著……話說回來，自從來到箱庭世界之後，他已經對這個笑法非常得心應手。甚至說這是他的「面具（persona）」（笑），恐怕也不為過。

算了，反正笑得如此開心，所以其實也無所謂。

十六夜縱情大笑了一陣子之後，一回身這樣告訴黑兔。

「……在星空中展示旗幟，在地上也是最豪華的共同體。如此一來，我們的名聲一定能傳遍所有人的耳中，而且肯定會連那些下落不明的同伴們也不例外。」

「——嗚……！」

這完全出乎預料的真正目的讓黑兔倒吸一口氣，她在胸前用力握緊雙手。

十六夜裝作不知道，伸出手指著巨人族之前襲擊過來的方向。

「不過，現在最優先的是巨人族。雖然我不知道他們是魔王殘黨還是什麼玩意，但是他們的所有行動都太不識相了。不需要等『龍角鷲獅子』聯盟就任，就來趁著前夜祭的期間，由我主動出擊徹底解決這件事吧。因為要是收穫祭正式開始以後還被他們跑來搗亂，那可讓人無法忍受。」

「………嘻嘻，真有十六夜先生的風格。那麼黑兔我也願意主動在殲滅違法巨人族的戰鬥中出一份力！」

黑兔伸直兔耳，抬頭挺胸地說道。

十六夜也沒有表示異議，點點頭回應她。

「那好，明天就由我們兩個給他們來個迎頭痛擊吧。現在該來多儲蓄一點精力。」

咚！十六夜又在水樹枝葉上躺下。

黑兔也在他身旁坐下，抬頭望著星空，有些尷尬地開口說道：

「其實人家有件事情必須告訴十六夜先生您……那個……就是關於耳機……」

「噢，那個嗎？春日部的三毛貓終於開始招供了嗎？」

咦？黑兔倒豎著兔耳大吃一驚。

十六夜賊賊一笑，從口袋中拿出一個裝有貓毛的小瓶子。

「看到對方留下如此明顯的證據，害我也提不起勁扮演偵探…………一開始我曾經懷疑是春日部指使三毛貓下手，然而她卻沒有表現出可疑跡象。況且如果犯人是春日部，她應該會做得更無破綻。如此一來，認定是那隻三毛貓的單獨犯罪才是合理的結論。」

十六夜說完，把裝著三毛貓毛的小瓶子丟給黑兔。

慌忙接下之後，黑兔握緊小瓶不安地發問：

「……您果然生氣了嗎？」

「並沒有。我也跟蕾蒂西亞說過了，反正那只是外行人製作的玩意，根本沒有金錢上的價值。我只是按照焰的希望，以活廣告的身分幫他戴著宣傳而已。」

「是……是嗎…………？」

「比起這事，我反而更在意信件中提到的什麼『萬聖節女王』的寵臣。那傢伙強嗎？」

「很強。」

這回答毫無猶豫。聽到黑兔這甚至可說是難得的正面評價，讓十六夜的好奇心也隨之高漲。

「……真的那麼強嗎？」

「是的。如果要舉出收穫祭中有哪個人能打倒十六夜先生您，那麼除了她以外再也別無其他可能。」

以黑兔來說，這已經是最高程度的評價了。

十六夜滿足地點點頭，抬頭望著星空。

「是嗎…………那麼只有這點得感謝那些巨人族的傢伙們。多虧他們，我能參加收穫祭的時間才會延長。更不用說既然有這麼有趣的傢伙在場，那無論如何都得讓對方跟我交個手。」

「為了追求感動嗎？」

「沒錯。人類活在世上，要是沒有感動那可會變得怠惰！只要有機會，就得趁機徹底補充一下才行。」

哇哈哈哈！十六夜快活地笑了。

黑兔望著十六夜，靜靜笑了。

「……其實以前……有一個人說過跟十六夜先生這番話很類似的發言。」

「哦？那還真是個有出息的傢伙。」

「嘻嘻，那還用說嗎，畢竟那位可是之前擔任共同體參謀的大人。那一位主要的活動是擔任『主辦者』，而且每次都一定會提出同樣的主張。還會以很認真的表情，跟人家說什麼：

『讓參加者感動是主辦者的義務。如果只有金錢往來，就成了會當場結束的緣分，然而感動卻不會完全消失。因為感動就是人活在世上不可或缺的糧食呀！』之類的理論。」

不過顧客回流率是真的很不錯喔～♪黑兔開心地敘述著。

十六夜就像是遭受奇襲般地吃驚反問：

「…………哦？那傢伙是女的嗎？」

「ＹＥＳ！她擁有和蕾蒂西亞大人不同方向的美麗金髮，是一位非常有魅力的女性！」

「…………………………………………………………哦？那傢伙和妳感情很好？」

「不只是感情很好，那一位是讓小時候的人家加入共同體接受保護的大恩人！她非常喜歡小孩，性格快活又很聰明……是人家崇拜的對象。」

黑兔站了起來，望著星空瞇起眼睛。

「無論發生任何事情……只有她一定能平安無事——她就是一位能讓人產生這種想法的人，真的很不可思議。所以面對共同體的這種窘境，人家才更應該努力奔走，好報答以前的大恩情！之後還要把十六夜先生等幾位介紹給大家，過著比現在更快樂美好的每一天！」

嗯！黑兔很堅強地鼓舞自己提起幹勁。

十六夜依然保持沉默，靜靜地看著夜空。

跟先前比較起來，他的眼神彷彿看向了極為遙遠的地方，卻什麼都沒有看進眼裡。這不符合十六夜風格的表情，讓黑兔感到有些不安。

「…………您怎麼了呢？十六夜先生。」

「不……我只是在想哪一顆是牛郎星。」

十六夜用手指沿著星空移動，像是在轉移話題般地喃喃說道。

他身旁的黑兔很得意地伸手指著星空。

「真是的～牛郎星是天鷹座的第一顆星星呀。一定是那一帶的——」

——這時，黑兔突然「咦？」了一聲。

十六夜也立刻回神，整個人猛然坐起。

接著一陣不祥的夜風吹過兩人之間。如果兩人沒有看錯——剛剛一瞬間，有複數的星星失去了光芒。

「……剛才那是怎麼回事？」

十六夜詫異地皺起眉。

然而異變卻立刻接二連三地發生。

——醒來吧，宛如蘋果的黃金呢喃——

當他們聽見這種不祥吟唱聲的那瞬間。

撥動黃金琴弦的樂音就響遍了「Underwood」。

*

蕾蒂西亞前往宿舍之後，出來迎接她的是繃著一張臉的女僕少女，珮絲特。

「……妳是……」

「晚安，純血的吸血鬼小姐…………真沒想到居然會有一天得跟妳一樣穿上女僕服呢。」

珮絲特憂鬱地嘆了口氣。蕾蒂西亞一開始無法理解為什麼珮絲特會在這裡，回想起恩賜遊戲的內容後，才猛然一驚開始思索。

「……是嗎，是因為達成了『The PIED PIPER of HAMELIN』的全部勝利條件，所以成功讓妳成為隸屬了嗎？」

蕾蒂西亞像是恍然大悟般地喃喃說道。

——想讓魔王成為隸屬，必須在利用「主辦者權限」強制舉行的遊戲中取得完全勝利。根據 The PIED PIPER of HAMELIN 原本製作的規則，只需要達成兩項勝利條件其中之一，就能直接破解並結束遊戲。

然而因為進行了審議決議來改變規則，因此就變得必須達成所有勝利條件才算破解。結果，為了進行隸屬的契約，珮絲特就再度被召喚至箱庭。

「……就是那麼回事。不過老實說我根本沒有想到魔王和箱庭的制約居然會強大到這種地步。如果是肉體那也就算了，我可是連靈魂都被打得粉碎耶。結果卻能恢復成原本的樣子，真的是從來沒有想過。」

沒錯，珮絲特是在跳脫靈魂死亡的情況下重新被召回了箱庭。

由於實際體認到這份徹底脫離常識的力量，讓珮絲特露出無言以對的表情。

不過蕾蒂西亞倒是露出微笑，使勁握住珮絲特的肩膀。

「何必那麼不高興，俗話不是說『留得青山在不怕沒柴燒』嗎？雖然彼此可能還多少留有怨恨，不過我還是很歡迎妳。而且正好這陣子我也在想，希望能有新的女僕加入——從今以後就是在同一旗幟下共同奮戰的同志了，還請多指教呀，『黑死斑神子』。」

「…………哼！明明沒有旗幟，講什麼呢！」

蕾蒂西亞臉上帶著溫柔微笑。

對照之下珮絲特卻不以為然地聳了聳肩膀。

「妳行李放好以後，就去仁的房間吧。晚一點好像還得去跟『主辦者』打招呼。」

珮絲特只講完這些，就搖著女僕服的裙襬進入宿舍。蕾蒂西亞雖然面露苦笑，但也只是默默地走向自己的房間。

她已經拜託黑兔去尋找十六夜了，這樣一來黑兔應該暫時不會回來吧。

……如果想和仁一對一對話，現在是唯一的機會。

（只能趁現在把金絲雀被流放到外界的事情告訴仁。正因為現在共同體開始累積實力……所以才更需要針對將來好好討論。）

即使已經下定決心，蕾蒂西亞依然非常憂鬱。

她打開自己房間的窗戶，從網狀花紋的樹根縫隙望向星空。

蕾蒂西亞緬懷著過去的同伴——悲悽地自言自語道：

「金絲雀…………是妳把十六夜送來箱庭世界的嗎……？」

蕾蒂西亞的獨白還來不及被別人聽到，就如同泡沫般消失了。

過去曾經隸屬於同一旗幟，背負著同一名號，一起攜手作戰的同志。

然而自己恐怕再也沒有機會和她一起共赴戰場了吧。那人終究沒能回到故鄉，已經在箱庭外的世界…………在異世界裡靜靜地停止了呼吸。

「──────」

對於這件事，蕾蒂西亞當然會感到悲傷。她自己過去被魔王抓走的那段時期，也總是滿腹鄉愁。只要能回到共同體，無論會暴露出多少醜態她都在所不惜。想必被丟往異世界的金絲雀也有著同樣的心情。

只有自己一人成功回來所造成的歉疚感，再加上得知同志在未知土地上離世遠去的訃告……當然會讓她感到極為哀痛。

然而蕾蒂西亞內心產生的困惑，卻是和哀傷同等，甚至更為強烈的感情。她凝視著璀璨閃爍的滿天星斗，最後終於無法繼續忍耐，對著空中發洩出內心的想法。

「金絲雀居然被流放到箱庭世界之外…………那麼…………！其他的同志們究竟是遭遇到了什麼下場呢……？」

──沒錯，這才是折磨著蕾蒂西亞的真正原因。

例如莉莉的母親，她也是被魔王綁架之後，就這樣直接失去了音訊。

如果莉莉的母親同樣也被流放到箱庭世界之外，就等於再也沒有可能將她救回。

最糟的情況就是被丟到箱庭都市之外，如此或許還能找到線索。然而萬一她被流放到這個和所有時代與異世界皆有相通的箱庭世界之外，那麼——

「要找到人，將會比從滿天星空中找出一粒細沙還要困難……！」

蕾蒂西亞喃喃自言自語著……她的雙手下意識地不斷施力，簡直要捏壞被她握在手中的窗框；聲音則虛弱得彷彿隨時會隨風消散。

已經活著度過數星霜歲月的蕾蒂西亞比任何人都清楚，那是不可能的任務。

然而，也不能一直隱瞞下去。她必須把這個事實告訴仁，並針對將來仔細討論。因為推著眾人繼續前進的強烈動力，就是這份想要拯救同伴的堅強決心。

然而以現實來說，那已經等同於不可能。共同體必須進行方針轉換。即使可能會被同伴們背後指責，蕾蒂西亞依然打算抱著即使流血也在所不惜的心理準備來執行說服的行動。

她甚至已經考量到，如果可能……應該要解散共同體之後再重建，才能擁有新的「名號」和「旗幟」。

（……黑兔和莉莉要是聽到這些話，一定會哭吧……）

一邊是為了自己的養母。

一邊是為了自己的雙親。

一想到她們必須知道三年來一直咬緊牙關忍耐至今的努力卻無法獲得回報的現實，就讓蕾蒂西亞倍感辛酸。

（然而原本就應該早點這樣做。結果我卻在十六夜他們身上看到了不實在的夢想……甚至還造成了不必要的壓力。）

現在正是以正當共同體的形式重新出發的時機。

蕾蒂西亞胸懷決心，回過身子遠離窗邊。

——下一瞬間，不祥的音色響起。

——醒來吧，宛如蘋果的黃金呢喃——

蕾蒂西亞喃喃「咦？」了一聲，隨即失去力氣。

同時響起三聲撥動琴弦的樂音，讓她的意識逐漸混濁。

蕾蒂西亞不明白發生了什麼事。她勉強維持著即將消散的意識往後一看，就見到一名穿著長袍，正在嘻嘻笑著的詩人。

「——木馬作戰非常成功！好久不見了，『魔王德古拉』。擁有巨人族神格的音色聽起來如何呢？」

「妳……妳這傢伙……到底是誰……」

「哎呀哎呀，居然連短短幾個月前的相遇都忘了，是不是有點過分呀…………不過，妳很快就不會繼續在意這些事情了。因為——」

——妳即將再度以魔王的身分復活喔。

＊

——醒來吧，宛如蘋果的黃金呢喃。

醒來吧，具備四隅的調和之框架。

無論夏冬豎琴之音都將傳入耳中，

比笛聲更快醒來吧，黃金之豎琴————！

聽到這段吟唱，讓十六夜猛然抬起頭。

「這段詩歌……不妙！黑兔！從巨人族手上奪走的『黃金豎琴』現在放在哪裡！」

「那……那應該由莎拉大人負責管理……」

「立刻破壞那東西！那個豎琴是——」

「——正是如此。如同你的推測，那個豎琴是從『來寇之書』的紙片中召喚出的達努神族（Tuatha De Danann）的神格武器。是即使身處敵地，也能演奏出覺醒之歌的神之樂器。」

這是一個低沉而讓人會聯想到老人的聲音。然而或許是已經動了手腳以避免被確定出所在位置，傳入耳中的聲音也在周圍迴響著。

聽到這個真面目不明的神祕聲音之後，十六夜和黑兔彼此背靠背，提高警戒。

然而聲音的主人卻遲遲沒有現身，只是嘲笑般地對十六夜他們說道：

「不用著急，『箱庭貴族』和妳的同志。今宵是開幕的一夜。首先你們可以為了吸血鬼的公主——『魔王德古拉』復活而感到高興——！」

剎那間，夜空突然裂開成兩半。原本非常晴朗的夜空被大片烏雲籠罩，不斷放出閃電讓「Underwood」的上空染上昏暗的色彩。

接著十六夜就從裂成兩半的天空中——目睹到神話中的光景。

「那個……難道是……？」

「沒錯，就是只有在神話中生存的最強生命體——龍的純血種——！」

「——GYEEEEEEEEEEYAAAAAAAAAAAAAAAAAAAAAAAAaaaaaaaaaaaaaaaaaaaaaaEEEEEEEEEEEEEYAAAAAAAAAAAAAAAAAAAAAAAAAAAAAAAAaaaaaaaaa！」

光憑這跳脫常識的驚人狂吼聲，就讓「Underwood」全體為之震撼。雖然勉強可以看到龍的頭部，然而牠的全身卻巨大到被雲海遮蓋而無法看清的地步。

「龍……這就是龍嗎……！」

從來不曾感受過的強大壓力讓十六夜也感到戰慄。根據巨龍出現後，星空歪斜的情況來判斷，還可以隱隱約約看到一個可能是巨大城堡的影子。

大量閃電回應著巨龍的狂吼不斷往下劈擊，瞬間就讓覆蓋著「Underwood 地下都市」的樹根一一燒毀斷裂。居住區隨即被哀號與慘叫聲包圍。

接下來甚至連監視哨都敲響了鐘聲，彷彿要讓情況更加混亂嚴重。

「不……不好了！連巨人族也開始向這邊進攻了！」

「什麼！」

「可惡！居然趁著這種緊急情況時跟著來搗亂……！」

在怒吼聲與指示聲此起彼落的情況下，巨龍的狂吼聲和閃電讓「Underwood」搖晃得更加劇烈。巨龍發出更驚人的狂吼聲震撼周遭之後，鱗片開始脫落如雨滴般往下灑落，接著一片片都化為巨龜或大蛇，開始襲擊城鎮。

黑兔看到下方的異常狀態，蒼白著臉大叫：

「開始從鱗片分裂並製造出新種族了……？該不會那真的是龍的純血種吧！怎麼會……真正的最強種族居然在下層出現……！」

「現在哪有空在那邊嘀嘀咕咕！我們得立刻下去！」

聽到十六夜的喝斥，讓黑兔也清醒了過來。

兩人原本想一起從大樹頂部往下跳，然而卻看到從地下都市高速往上飛翔的長袍詩人，以及被對方手臂抱住的——

「蕾……蕾蒂西亞大人！」

「黑兔…………十六夜…………！」

因為看到兩人，讓蕾蒂西亞那已經混濁的眼神稍微恢復了一點意識。

蕾蒂西亞抬頭望向天空，確認巨龍和飄浮於空中的城堡之後，總算了解現在的情況。

（我的「主辦者權限」的封印被解開了……！這傢伙，該不會是——！）

敵方真面目讓蕾蒂西亞一臉慘白，然而她卻沒有力量掙脫對方的控制。

像是要接受自己命運一般，蕾蒂西亞閉上眼睛，對著下方兩人大叫：

「——瞄準第十三個……太陽……！」

「咦？」

兩人豎耳仔細聆聽蕾蒂西亞那不清晰的喊聲。被帶到高空的她擠出全身力量大叫：

「第十三個……攻擊第十三個太陽……！這就是破解我的遊戲的唯一關鍵——！」

隨著這如同死前的叫聲，蕾蒂西亞被巨龍吞下，化為一片光。這光線不久之後就轉變成黑色函件……也就是魔王的「契約文件」，並如同雨滴般撒向「Underwood」。

「恩賜遊戲名：『SUN SYNCHRONOUS ORBIT in VAMPIRE KING』

・參賽者一覽：
・被獸帶捲入的所有生命體。
※遇上獸帶消失的情況時，將無期限暫時中斷遊戲。

・參賽者方敗北條件：
・無（即使死亡也不會被視為敗北。）

・參賽者方禁止事項：
・無。

・參賽者方處罰條款：
・將針對和遊戲領袖交戰過的所有參賽者設下時間限制。
・時間限制每十天就會重設並不斷循環。
・處罰將從『穿刺刑』、『釘刑』、『火刑』中以亂數選出。
・解除方法只有在遊戲遭到破解以及中斷之際才得以適用。

終　章2

※參賽者死亡並不包含在解除條件之內，將會永久地遭受刑罰。

．主辦者方勝利條件：

．無。

．參賽者方勝利條件：

一、殺死遊戲領袖：『魔王德古拉』。

二、殺死遊戲領袖：『蕾蒂西亞．德克雷亞』。

三、收集被打碎的星空，將獸帶奉獻給王座。

四、遵循以正確形式回歸王座的獸帶之引導，射穿被鐵鍊綁住之革命主導者的心臟。

宣誓：尊重上述內容，基於榮耀、旗幟與主辦者權限，舉辦恩賜遊戲。

『　　　　　　　　　　』印」

後記

——擅長應對他人戲弄者善於被愛。

——擅長戲弄他人者則善於處世。

符合上述的本書是（唬人的）現代風異世界衷心誠意奇幻作品——《問題兒童都來自異世界？是嗎……巨龍召喚》，簡稱《問題兒童系列》的第三集。

各位讀者好久不見了。真的非常感謝您購買了這本讓我在執筆時最費心竭力的第三集。這次的後記竟然只有一頁。嗚！要是每一次都只有差不多這樣的頁數，我就不需要寫一些奇怪的內容來搪塞充數了……！

那麼關於這樣的《問題兒童系列》，目前正在「ザ・スニーカーＷＥＢ」網站上公開作品的宣傳ＰＶ。而且還聽說只要在網站上的恩賜遊戲中獲勝，就可以看到天之有老師的插畫草圖！甚至連還沒有在本傳插圖中登場的角色插圖都可以看到喔！

所以請各位務必把握這個機會，也去看看那些沒在插圖中出現過的角色們吧。更何況這次也一併公開了本作的短篇小說。

第四集預計在明天的春季發售。屆時兔年也已經結束，邁入龍年。

預祝各位能過個好年。

竜ノ湖太郎

（※註：日文版第三集在二〇一一年十一月一日發售，因此上述情報已與網站目前狀況略有不同。）

後台 下集 預告!!
ES!
大家辛苦了。這是………後台，下集預告的單元。
突然出現的神秘巨龍！神秘敵人！神秘城堡！為了救出被擄走的蕾蒂西亞大人，問題兒童們的激戰篇即將拉開序幕！
哼哼！居然可以同時對付巨龍和魔王，還真是慷慨啊。
呵呵。讓人摩拳擦掌呢。
嗯，我也會加油。
我……我預定……也會活躍一番……喔。
…………大家，可別死啊。
下集！『攻擊第十三顆太陽！』敬請期待♪
拯救蕾蒂西亞！下一集預定春季出版！

國家圖書館出版品預行編目資料

問題兒童都來自異世界？. 3, 是嗎......巨龍召喚 / 竜ノ湖太郎；羅尉揚譯. -- 初版. -- 臺北市：臺灣國際角川, 2012.09

面； 公分. -- (Kadokawa fantastic novels)

譯自 :問題児たちが異世界から来るそうですよ？そう......巨龍召喚

ISBN 978-986-287-910-8(平裝)

861.57 101015486

Kadokawa Fantastic Novels

問題兒童都來自異世界？ 3
是嗎……巨龍召喚

（原著名：問題児たちが異世界から来るそうですよ？そう……巨龍召喚）

2012年9月8日　初版第1刷發行
2021年3月26日　初版第16刷發行

作　者：竜ノ湖太郎
插　畫：天之有
譯　者：羅尉揚

發行人：岩崎剛人
總編輯：蔡佩芬
主　編：朱哲成
設計指導：陳晞叡
印　務：李明修（主任）、張加恩（主任）、張凱棋

發行所：台灣角川股份有限公司
地　址：105台北市光復北路11巷44號5樓
電　話：（02）2747-2433
傳　真：（02）2747-2558
網　址：http://www.kadokawa.com.tw
劃撥帳戶：台灣角川股份有限公司
劃撥帳號：19487412
法律顧問：有澤法律事務所
製　版：尚騰印刷事業有限公司
ISBN：978-986-287-910-8